信長、天が誅する

天 野 純 希

幻冬舎時代小説文庫

信長、天が誅する

目次

第一章　野望の狭間

一

小姓の案内を受けた直盛（なおもり）は、思わず眉間に皺（しわ）を寄せた。

直盛に用意されていたのは、広い評定の間でも、ほとんど末席と言ってもいい場所だ。

憤りを気取られぬよう細心の注意を払いながら、座に就く。家臣のほとんどに召集がかかっていると聞いたが、刻限にはまだ間があるので、集まっているのはほんの十人ほどだ。

「お久しゅうございます、井伊（いい）殿」

すでに隣席に座していた若者が声をかけてきた。肉付きのよい丸顔に屈託のない笑みを浮かべ、一礼する。直盛も軽く会釈を返した。

松平蔵人元康。かつては三河一国を制した松平家の嫡男だが、父の横死後は没落し、人質としてこの駿府に送られていた。幼少の頃は短気で激昂しやすかったと聞くが、今は亡き名僧・太原雪斎の薫陶を受け、礼をわきまえた落ち着きのある青年へと成長している。

「此度の評定はやはり、尾張攻めに関することであろうか」

「さあ、それがしも聞いてはおりませんが、恐らくは」

やがて、他の家臣たちも集まりはじめ、評定の間は人いきれで満たされた。

永禄三年四月、駿府今川館。駿河、遠江、三河に加え尾張半国までも版図に収める今川家の本城である。館とはいえ規模は広大なもので、この評定の間だけでも、遠江井伊谷に構える直盛の館が丸ごと入りそうだ。

昔から、直盛はこの館が好きではなかった。造りそのものも、庭に設えられた能舞台や蹴鞠場も、立ち働く男女の所作さえ都風に洗練されていて、遠州の土豪にすぎない直盛は見下されているような気分になる。

いや、実際その通りなのだろう。長く今川に敵対し、祖父の代に服属したばかりの井伊家は、今やこの駿府では取るに足りない存在なのだ。

ややあって、今川家現当主氏真と、前当主の義元が出座した。

義元は一昨年に嫡男の氏真に家督を譲っているが、それは形ばかりのもので、実権はいまだ手放していない。

「方々、よく集まってくれた」

義元の張りのある声が、広間に響いた。

治部大輔義元は、直盛より七つ年長、当年四十二の働き盛りだ。若くして熾烈な家督争いを勝ち抜き、東の北条、北の武田と戦いを繰り広げながら、三河を併呑し、尾張南部にまで勢力を拡げ、今では「海道一の弓取り」とまで称されている。

涼し気な目元によく通った鼻筋、いくらかの酷薄さを湛えた、薄い唇。若かりし頃は京で仏門に入っていたというが、立ち居振る舞いもまとった雰囲気も、どことなく雅やかで、采配一つで万余の軍勢を動かす武人にはとても見えない。

「皆も聞いておろう。尾張の織田が昨今、我が方の鳴海、大高の両城をつけ狙うておる」

義元の三河進出以降、尾張織田家との戦は幾度となく繰り返されてきた。戦況はおおむね今川方が優勢で、一時は西三河まで進出していた織田家の先代・信秀の死後は、尾張の国人衆の多くが今川に寝返っている。その結果、東尾張の要衝である鳴海、大高の両城は今川方となっていた。

織田家現当主・弾正忠（だんじょうのじょう）信長（のぶなが）は、当年二十七。若い頃は傾（かぶ）いた身なりで領内を闊歩し、家臣領民から「大うつけ」などと称されていたという。だが、父信秀の死後、謀叛を企てた弟を謀殺し、対立する一族を次々と打ち破って尾張半国を制するまでになっていた。そしてその余勢を駆って、鳴海、大高を奪回しようというのだ。

「重臣らとの評定の結果、近く尾張へ出兵することに決した。率いる兵は、二万五千。無論、わしが直々に出馬いたす」

決意の籠もった義元の言葉に、一同がざわついた。

信長は鳴海城に対して丹下砦、善照寺砦、中島砦を、大高城には丸根砦、鷲津（わしづ）砦を築いて両城の連絡を絶ち、圧迫を加えていた。このまま放置すれば、今川家は尾張への足掛かりを失うことになる。ゆえに、鳴海、大高救援のための尾張出兵は近いと見られていた。

だが、二万五千といえば、今川家のほぼ総力である。かつて干戈を交えた東の北条、北の武田とは今や同盟関係にあるため、それほどの大軍を動かすのは近年例がなかった。

「目指すは鳴海、大高の救援のみにあらず。此度の出兵で、織田家との長年の戦に決着をつける。清洲(きよす)を落とし、信長の首を刎(は)ね、尾張全土を併呑する。そのための戦と心得よ」

　直盛は心中で嘆息を漏らした。

　昨年はひどい凶作で、正直なところ、戦どころではなかった。しかも、尾張全土を攻め取るとなれば、どれほどの長戦になるか知れたものではない。国人衆の多くも、直盛と同じ思いなのだろう。戸惑いを露わに、互いに顔を見合わせている。

「聞くがよい」

　義元の声に、再び座が静まり返る。

「皆の不安はこの義元、承知いたしておる。それぞれに思うところはあろう。されど、尾張はこの駿河や遠江よりもはるかに肥沃で、津島、熱田の湊(みなと)をはじめ商いも大いに盛んである。尾張全土を制した暁には、皆の得るものは計り知れぬ」

　その言葉にも、直盛は浮き立つものは感じられない。

今川に降(くだ)って以来、井伊家は戦となれば常に先鋒を命じられ、多大な犠牲を払ってきた。父の直宗(なおむね)にいたっては、今川家の三河攻めに従い、討死にを遂げているのだ。直盛自身も戦場でいくつもの手柄を立てたが、得られた恩賞など微々たるものだった。

いや、恩賞どころか……。

抑えていた憤りが込み上げかけたところで、義元の後を受けた重臣が尾張攻めの陣立てを読み上げていく。

やはり直盛は、重臣の朝比奈泰朝(あさひなやすとも)や松平元康らとともに、先鋒の軍に組み込まれていた。しかも、一千の軍勢を用意せよという。今の井伊家の台所事情では、かなり厳しい数だった。

また、領民を苦しませ、さらには家臣や兵たちを死なせることになるのか。暗澹(あんたん)たる思いで、直盛は人目も憚(はばか)らず大きな吐息を漏らした。

「何とも、難儀なことよ」

駿府からの帰路、直盛は轡(くつわ)を並べる奥山孫市郎(おくやままごいちろう)に向かって愚痴をこぼした。

「昨年の凶作で、民は疲れきっておる。冬を越せなかった者も多く出ているのだ。そこでまた戦とは」

「致し方ありますまい。それに尾張を獲れば、いくらかは民の暮らし向きも楽になりましょう」

「だとよいのだがな」

孫市郎は、井伊一族に連なる奥山家の一族で、元服前から直盛の側近くに仕えている。腕が立つので護衛として側に置いているが、本音を漏らせる相手が多くはない直盛にとって、なくてはならない存在だった。

「それにしても、これほどまでに扱き使われようとはな」

そもそも、井伊家は藤原氏の出で、五百年以上にわたって遠州井伊谷に根を張ってきた一族である。今川家などより家格ははるかに上であり、歴史も長い。

井伊家は古くから文武両道の家として知られ、鎌倉幕府の年賀行事でも、井伊家の当主が弓の射手を務めるほどだった。南北朝の時代には、後醍醐帝の皇子・宗良親王を奉じて南朝方に与し、北朝方の今川家と激しく対立してきた。

だが、南朝の衰退に伴って旗色は悪くなり、遠江守護となった北朝方・斯波家の傘下に入ることを余儀なくされる。

やがて応仁の乱が起こると、今川家は遠江への侵攻を開始、直盛の祖父・直平は斯波家に属して再び今川と干戈を交えた。しかし、斯波家はあえなく敗れ、井伊谷城も今川軍に奪われることとなった。

本拠地を追われた直平ら井伊一族が井伊谷に復帰するのは、今から十四年前のことだった。家督争いを制して今川家当主となった義元は、井伊家と戦って攻め滅ぼすよりも、傘下に収めて利用することを選んだのだ。そして、和睦という名の事実上の降伏を、直平は拒むことができなかった。

義元が井伊家を、使い勝手のいい外様としか見ていないのは明らかだった。だが今川の傘下を離れようにも、周囲に頼れる相手などいない。独立など夢のまた夢で、今度こそ一族根絶やしにされるのは目に見えている。

「今は耐えるしかありますまい。戦で手柄を立て続ければ、いずれは義元公もお認めくださるでしょう」

「そうだな」

虚しさを覚えつつ、直盛はそう答えるしかなかった。

浜名湖の北東、井伊谷川と神宮寺川に挟まれた小高い山の上に、井伊谷城はあった。麓には小さいながらも町が広がり、市は活気に溢れている。土地は肥沃で気候は温暖、水量も豊富なため、収穫量は申し分なかった。

「やはり、井伊谷はよいな。心が落ち着く」

井伊家発祥の地ということもあるが、駿府のように気取ったところはなく、人々は地に足をつけて生きている。民百姓にも、長くこの地を治める井伊家を慕う者は多かった。

本丸の居室で旅装を解き、風呂で旅の垢を落として、ようやく人心地ついた。

とはいえ、安穏としている暇はない。

尾張攻めは五月上旬。それまでに出陣の仕度を整え、留守の間も領内の政（まつりごと）が滞らないよう、仕置きをしておかねばならない。村同士の諍（いさか）いや商い絡みの訴訟など、やるべきことは山のようにある。武田軍に追われた信濃の地侍が、野伏となって近在の山々に流れてくるのも、頭の痛い問題だ。

その日のうちに一族郎党を集め、尾張攻めが決定したことを告げた。

「またぞろ、戦にござるか」

「しかも、此度も先鋒とは」

いいように使われ、磨り減らされていく現状に、ほとんどの家臣が不満を抱いている。方々から嘆息が漏れる中、小野政次が声を上げた。

「方々、駿河の御屋形様の御下知に異を唱えるおつもりか」

他の家臣たちの鋭い視線が、一斉に注がれた。それを意に介するふうもなく、政次は続ける。

「我らは今川という大樹に寄りかからねば、生きてはゆけぬ。それは、方々も骨身に沁みて承知いたしておろう。それとも、再び今川に牙を剝き、この井伊谷を追われるが望みか」

「もうよい」

直盛が言うと、政次は眉間に皺を寄せて口を噤んだ。広間に、重苦しい沈黙が下りる。

政次は、直盛より五つ下の三十歳。井伊家筆頭家老にして、遠州小野村の領主でもある。

小野家は元々、井伊家と同格の国人領主だった。その歴史は井伊家以上に古く、遡れば、平安の歌人・小野小町（おののこまち）や書家として知られる道風（とうふう）、遣隋使として大陸に渡った妹子（いもこ）などを輩出している名門である。

小野家が井伊家に仕えるようになったのは、直盛の祖父・直平が今川に降った際に、政次の亡父・和泉守政直（いずみのかみまさなお）が井伊家の家老となるよう義元から命じられたからだ。つまり、家老とはいいながら、実質は義元から派遣された目付役も同然だった。現当主の政次も、名門であることと義元の覚え目出度（めでた）いことを鼻にかけ、直盛の意向をないがしろにしているところがある。

「皆の者、よく聞け。駿府の御屋形様の御下知である以上、否やは許さぬ。苦しいが、これも我らが生き残るためと心得、しかと働いてもらいたい」

政次とその一族が、満足げに頷く。他の家臣たちは、納得がいかないという表情を浮かべていた。政次を睨みつける者も少なくはない。

その中でも、ひときわ敵意の籠もった視線を向けているのは、直盛の従兄弟（いとこ）に当たる肥後守直親（ひごのかみなおちか）だった。二十六歳になる直親は、男子のいない直盛の養子になっている。

直親が小野一族を憎むのも、無理からぬ話だった。

直親の父・彦次郎直満は今から十六年前、小野政直によって今川家への謀叛を企てていると讒訴された。それを信じた義元は、彦次郎直満とその弟・平次郎直義を駿府へ呼び寄せ、その途上、謀叛の咎により誅殺したのだ。そして、井伊谷に残っていた直親も殺害せよとの命を出す。

まだ幼かった直親は、直盛の計らいで信濃へ落ち延び、十年に及ぶ雌伏を余儀なくされた。井伊谷へ戻ることができたのは、政直の死と、直盛の取り成しがあってのことだ。直親を養子とすることに政次は強く反対したが、他に井伊家を継ぐべき男子はいないと、直盛が押しきった形だった。

とはいえ、義元を後ろ盾とする小野一族の権勢に対抗するのは、容易なことではない。直盛がわずかでも不穏な動きをすれば、義元は井伊家そのものを潰しにかかるかもしれないのだ。小野一族とは互いに妥協点を探りながら、波風立てぬようやっていくしかない。

居室に戻ると、直盛は酒を命じた。

「お疲れのようにございますね。また、戦だと伺いましたが」

酒肴を運んできた正室の祐が、心配そうに言った。

祐は今川家の一門、新野家の出だった。娘が一人いるだけで、男子には恵まれなかったものの、直盛は今川家を憚って側室を持たずにいる。

「五月には出陣いたす。しばらくは、忙しくなるぞ」

「ご武運をお祈りいたしております。井伊家と今川家のため、しかとお働きください」

妻として不満はないが、井伊家の苦境を本当に理解しているのかどうか。内心に嘆息を漏らし、注がれた酒を飲み干す。

「ところで、お寅は息災か？」

「はい。ただ、相変わらずの男勝りで、剣の稽古などに励んでいるようですが」

「そうか。まったく、困ったものよ」

十九歳になる一人娘のお寅は、若くして出家し、井伊家の菩提寺である龍泰寺に入っていた。

元々、お寅は直親を婿に迎えるはずだったが、十六年前の騒動で直親が井伊谷を離れたため、婚約は解消されていた。そして五年前に戻ってきた直親は、すでに正室を迎え、子まで生（な）していたのだ。

代わってお寅の嫁ぎ先の候補に挙がったのが、小野政次だった。しかし、お寅はこれを拒絶して自ら髪を下ろし、直盛と祐の説得にも耳を貸さず、仏門に入ってしまう。

そうした激しい気性ゆえ、寺で大人しく読経に励んでいられるはずもない。お寅はいったい何のつもりか、寺男や若い僧を集めては武芸の稽古に励んでいるという。

「あの子はあの子なりに、殿や直親殿のお力になりたいと思うておるのでしょう」

酌をしながら、祐が微笑する。

「女子（おなご）の力を借りねばならんほど、井伊家は落ちぶれてはおらんぞ」

そうは言いながら、たった一人の娘とあって、直盛はお寅に強く出ることができない。結果として、お寅の好きにさせているという恰好（かっこう）だった。

内にも外にも、悩みの種は尽きない。苦い思いで、直盛は盃を呷（あお）った。

二

一人の粗末な身なりをした武士が直盛を訪ねてきたのは、四月も終わりにさしかかった頃のことだった。聞けば、南渓瑞聞（なんけいずいもん）からの紹介状を携えているという。

瑞聞は龍泰寺の住職であり、直盛にとっては叔父に当たる。

僧職の身ではあるが、智謀に優れ、家の舵取りについて助言を求めることもしばしばあった。その瑞聞の紹介であれば、疑わしいところはない。大方、仕官でも求めにきたのだろうと、会ってみることにした。

年の頃は、四十前後といったところか。いくらか小柄だが、体軀は引き締まり、眼光は鋭い。一目見ただけでも、相当に腕が立つのはわかった。

「お初にお目にかかります。それがし、織田弾正忠が家臣、簗田（やなだ）出羽守（でわのかみ）政綱（まさつな）と申す者にて」

「信長の家臣だと?」

「御意」

悪びれることなく、政綱は頷く。

「織田家の臣が、何用あってここへまいった」

直盛の放つ殺気を、政綱は軽く受け流した。

「今川の尾張攻めが近いことを、主はすでに摑んでおります」

無言で、直盛は先を促した。

「そこで主は、一計を案じました。主は、御家の事情をよく存じ上げております。駿府には、積もる恨みもございましょう。それを晴らす千載一遇の機会を、井伊様に差し上げたい。主は、そう申しております」

「今川を離反し、兵を挙げよと申すか」

直盛は鼻で笑った。

井伊一族が離反した程度で、今川の屋台骨が揺らぐはずがない。せいぜい、尾張攻めが数カ月延びるという程度だ。そして、井伊家が挙兵したとしても、三河を今川が押さえている以上、信長は援軍を送ってくることすらできはしない。

それでも藁にも縋る思いで、方々の国人衆に、手当たり次第に話を持ちかけているのだろう。

「主は御家に、兵を挙げることなど望んではおりませぬ」

「では、戦場で寝返り、今川本陣を襲えとでも？」

それこそ、笑止の沙汰だった。たった一千の軍勢で、何ができるというのか。返り討ちに遭った挙句に、井伊谷に残った者たちも攻め滅ぼされるだけだ。

「さにあらず。井伊様には、何も動いていただく必要はございませぬ」

言うと、政綱は懐から一枚の絵図を取り出し、床に広げた。

絵図には、西三河から東尾張一帯の城と街道、地形が描き込まれている。

「今川はまず、鳴海、大高の周囲に築かれた織田方の砦を落としにかかりましょう。そして当家は、それを阻止したい。自然、戦場は鳴海、大高の近辺となりまする」

「待て。弾正忠は、今川の大軍に野戦を挑むつもりか？」

「御意。清洲に籠もったところで、どこからも援軍など来ませぬゆえ。主は、座して滅亡を待つ人物ではございませぬ」

それにしても、あまりに無謀だ。織田の兵力など、どれほど掻き集めてもせいぜい五千。勝算は、百に一つもあるかどうか。

「予想される戦場の一帯は、小高い山が入り組み、深田や池、沼も多くございまする。大軍の移動には適さず、それぞれの隊が分散して動くしかござらぬ。さすれば、本陣は手薄になりましょう」

絵図を睨み、直盛は唸った。確かに、このあたりは道幅も狭く、見通しも悪い。

信長という男はやはり、ただのうつけではなさそうだった。

「その隙を衝いて今川本陣を急襲、義元の首級のみを狙う。他に、我らが勝利する術（すべ）はございませぬ」

「そこでわしに、今川本陣の場所を報（しら）せよというのだな？」

「御意」

確かに、信長が勝利を得るには、他に方法はないだろう。だが、いくら追い詰められていても、自軍の策をそこまで明らかにするとは考えにくい。

罠か。いや、そうではなかったとしても、成算は皆無に近い。それどころか、もしも露見すれば、井伊家の存亡に関わる。

「主は、井伊様を高く買っております。その器量は、遠州一国を治めるに足ると申しておりました」

「ほう。遠州一国とはまた、夢のようなことを」

「義元が討たれれば、跡を継ぐは凡庸な氏真。三河、遠江の国人衆は次々と離反し、今川領は麻のごとく乱れましょう。さすれば必ずや、井伊様が遠州を制する機会は訪れるはず」

遠州一国の主。なれるはずがないと思いつつも、悪い気はしなかった。乱世に武士として生まれた以上、胸に秘めた野心はある。だが、それも若かりし頃の話だ。今川に屈してからというもの、頭の中にあるのは井伊家の存続と、家臣領民の安泰だけだった。

再び芽生えかけた野心を、直盛はすぐさま刈り取った。武士の本分は、たとえ犬畜生と呼ばれようと、生き残ることにある。

「簗田殿。本来ならこの場で斬り捨てるところだが、南渓瑞聞の顔を立て、それはせぬ。何も聞かなかったことにいたすゆえ、早々に立ち去られよ」

「さようにございますか。では、これにて」

政綱に、さして落胆した様子は見られない。虚勢か、それとも他に当てでもあるのか。

いや、この状況で織田に内通する今川家臣など、いるはずがない。実際に戦がはじまれば、信長は清洲城に籠もるしか手立てはなくなるはずだ。

一人になると、直盛は黙考した。

内通を拒んだのは、間違いではない。信長が侮れない相手であることはわかったが、それでも今川軍二万五千を打ち破ることなどできはしないだろう。

過ぎた野心は抱かず、保身に努める。それが己の生きる道だと、直盛は思い定めた。井伊谷を、家臣領民を守るためには、今川に従うしかないのだ。

五月十一日、井伊谷の城外には一千の軍勢が集結を終えていた。同じく先鋒を命じられた朝比奈、松平はすでに駿府を発っている。義元も、明日十二日には出陣する予定となっていた。

「わしがおらぬ間は、そなたがこの城の主だ。しかと務めよ」

出陣の儀式が終わると、直親に向かって言った。

「はい、承知いたしております」

「案ずることはない。そなたこそ、しかと働いてまいれよ」

豪放に笑うのは、祖父の直平だった。すでに古稀を過ぎているものの、いまだ矍鑠（かくしゃく）とした姿は、どこか線の細い直親よりも頼りになるほどだ。

「殿。ご武運をお祈りいたしております」

今回は出陣しない小野政次に、諸将が鼻白む。だが、政次は気にする素振りも見せない。何か言いかけた直親を、直盛は目で制した。出陣の前に騒動を起こされては、たまったものではない。

「では、まいる」

立ち上がった時、廊下から騒がしい声が聞こえてきた。

「何事か」

訊ねると、小姓が困惑顔で訴える。

「それが、姫様が……」

「父上！」

現れたお寅は、具足に身を固めていた。いつの間に作らせたのか、鮮やかな紺糸(こんいと)縅(おどし)の、女物の具足だ。髪は頭巾で覆い、その上に鉢金(はちがね)をつけている。

「何だ、その恰好は」

「決まっておりましょう。わたくしも戦に出るのです」

「何を愚かな」

「此度は、今川の総力を挙げた大戦とお聞きしました。ならば、我が井伊家の武勇を家中に示し、少しでも多くの恩賞に与(あずか)るべきではありませんか。三十人ほどですが、手勢も連れてまいりました。皆、わたくしとともに稽古に励んだ者たちです」

形の整った切れ長の目で、お寅は直盛をじっと見つめる。だが、こればかりは認めるわけにはいかない。戦は、遊びではないのだ。

だが、どれほど押し問答を重ねても、お寅は引き下がらない。見かねた直平が、仲裁に入る。

「まあよいではないか、直盛。此度の戦は、ほとんどが城攻めじゃ。しかも相手は、あの大うつけ。それほどの危険はあるまい」

「しかし祖父(じい)様、我らは先鋒を仰せつかっておるのです」

「そなたの側に置き、目を離さねばよいではないか」

そこへ、さらに政次が賛意を示した。

「殿。古くは源平合戦における巴御前(ともえごぜん)から、女子が戦場に立った例は少なくありません。姫様にはこの機に、実際の戦がいかなるものか、ご覧になっていただくのもよろしいかと」

そう言った政次に、お寅は鋭い視線を向ける。

「政次。そなた、何か考え違いをしてはおらぬか。わたくしはとうに、女子など捨てておる」

「これは異なことを。このように見目麗しき男が、どこにおりましょうや」

「もうよせ、二人とも」

これ以上は、話がこじれるだけだ。嘆息し、お寅に向き直る。

「わかった、連れてまいろう。ただし、このことは秘中の秘といたせ。娘を戦に連れ出したなどと今川の家中に知れれば、我が家はいい笑いものぞ」

「ははっ、ありがたき幸せ」

「そうだな、そなたは男として、次郎法師（じろうほうし）とでも名乗れ。龍泰寺の僧兵ということにしておけば、さして怪しまれることもあるまい」

次郎とは、井伊家代々の惣領がつけられる名だった。

「戦の場では、決して我が側を離れるでないぞ。戦で大将の下知に従わねば、たとえ我が子であろうと許さぬ。よいな」

「はい、承知いたしております」

お寅はお寅なりに、井伊家の行く末を案じているのだろう。とはいえ、娘が側にいるとなると、戦はやりづらくなる。

今回は武功を諦めるか。どうせ、手柄を立てたところで大した恩賞など望めはしないのだ。

ふと、簗田政綱の言葉が脳裏をよぎった。遠州一国の主。義元さえ除けば、その地位が手に入るかもしれない。しかし賭けに出るには、その代償はあまりにも大きすぎる。

やはり、今のままが一番だ。今川や小野の顔色を窺いながら家の安泰を保つのが、自分の器量の限界なのだろう。

本当にそれで満足か。己の内なる声に耳を塞ぎ、直盛は出陣を命じた。

三

五月十五日、直盛は池鯉鮒(ちりゅう)に入り他の先鋒軍と合流、翌日には尾張沓掛(くつかけ)城に入った。

先鋒大将の朝比奈泰朝は盛んに物見を放っているが、織田軍にさしたる動きは見えないという。

「敵は当然、我らの動きを摑んでおるはず。だが、尾張に放った間者の報せでは、軍勢を集める素振りすらないという。大方、戦うか降るかで家中が割れておるのであろう」

先鋒諸将が集まる軍議の席で、泰朝が言った。義元の信頼篤い重臣で、幾多の戦功を挙げてきた歴戦の将でもある。

「戦を選ぶとしても、信長にできることといえば、清洲に立て籠もるくらいのものだ。鳴海、大高周辺の砦は、見捨てるつもりであろうな」

「果たして、さようにございましょうか」

口にした直盛に、諸将の視線が注がれる。

「信長が世評通りの大うつけとは、それがしには思えません。曲りなりにも尾張半国を制し、弟を謀殺するという非情な手段で家中の統制を取り戻した人物です。油断は禁物かと」

「では、信長は我らに野戦を挑むと？」

将の一人が言うと、一同は声を上げて笑った。

「織田の軍勢など、せいぜい五千足らず。我らは二万五千ぞ」

「城を出てくるようであれば、それこそ大うつけではないか」

満座の嘲笑の中、一人だけ笑っていない者がいる。

松平元康だった。元康は一時期、織田家の人質となっていたこともあるらしい。この中で直接信長を知る、ただ一人の男だろう。

「静まれ」

泰朝が言うと、諸将は笑いを収めた。

「井伊殿。信長が我らに野戦を挑むとして、いかなる手立てがあるとお考えか」

「されば」

直盛は、床に広げられた絵図を指し示した。

鳴海、大高周辺の地形が大軍の移動に不向きなこと、軍勢同士が離れて動けば、本陣が手薄になることを説く。いずれも、簗田政綱が口にしていたことだ。無論、信長の家臣と密会したことは伏せた。

「空論だな。いくら地形が入り組んでいるとはいえ、見つかることなく本陣まで近づくことなどできん。考えすぎであろう」

「ならば、よろしいのですが」

「松平殿。貴殿は信長という男を存じておろう。いかがじゃ？」

泰朝の問いに、元康は咳払(せきばら)いを一つ入れて口を開いた。

「それがしの知る限り、信長はそのような策を思いつくような人物ではありませぬ。大うつけという世評は、尾ひれがついていくらか大げさになってはおりますが、それほど的外れとも思いません」

直盛はその答えに、かすかな違和を覚えた。

簗田政綱を通じて直盛が知った信長と、元康の語る信長が、著しくかけ離れている。元康に人を見る目がないのか、あるいは幼かった元康に対してすら、信長は己の器を秘していたのか。

だが、義元から信頼され、一族の娘まで与えられている元康の言葉に、諸将は納得したようだった。

「ともかく、我らはここで本隊の到着を待ち、織田方の砦の攻略にかかる。それまで、しかと兵を休めておくがよい」

泰朝がまとめると、軍議は散会となった。

直盛が内通を拒んだ時点で、信長も今川本陣を衝く策は捨てたはずだ。それほど警戒する必要はないのかもしれない。ただ、諸将の気の緩み具合がいささか気にはなった。

十八日、義元は予定通り沓掛城に入り、先鋒軍には出陣が下知された。最初の目標は、大高城の東に築かれた丸根砦、鷲津砦の攻略である。

まずは、松平元康隊二千五百が先発し、長い籠城で疲弊した大高城に兵糧を運び込んだ。そして十九日の夜明け前、直盛は朝比奈泰朝の二千、葛山信貞の三千とともに沓掛を出陣、鷲津砦を目指した。丸根砦には、元康が向かう手筈となっている。

鷲津砦は、小高い丘陵の頂に築かれているものの、規模は小さく守兵も少ない。間者の報せによれば、守将は織田一族の秀敏と、飯尾定宗。兵力はわずか三百ほどだという。丸根砦や鳴海城の周辺に築かれた砦群も、規模と兵力は似たようなものだった。

払暁、攻撃が開始された。法螺貝が吹き鳴らされ、陣太鼓の音に合わせて兵たちが動き出す。直盛の持ち場は搦め手だった。敵の放つ礫と矢を楯で防ぎながら、足軽が急な斜面を這い上がっていく。

それほどの苦もなく落とせるだろう。直盛も他の諸将もそう見ていたが、意外にも敵の抵抗は激しかった。矢も礫もふんだんに用意されているようで、尽きる気配がない。斜面を上りきって城壁に取りついた味方は、次々と槍で突き落とされていく。

「あの尾張兵が、これほどの戦ぶりを見せるとは」

直盛は幾度となく尾張兵と干戈を交えてきたが、弱兵という評判に間違いはない。総じて腰が弱く、敗勢が濃くなれば自然と崩れていくのだ。

「信長という男、やはり侮れぬ相手やもしれませんな」

言ったのは、小野一族を代表して参陣している政次の弟・玄蕃(げんば)だった。政次に似ず武人肌で、直盛をないがしろにする素振りもない。家中では憎まれている小野一族でも、玄蕃だけは例外だった。

「玄蕃、行ってくれるか」

「承知」

玄蕃が陣幕をくぐって出ていくと、お寅も床几(しょうぎ)から立ち上がった。

「父上。わたくしも戦に加わりとうございます」

「ならん。そなたはわしの側を離れるな。大将の命ぞ」

憮然とした顔で、お寅が座り込む。やがて、手勢を率いた玄蕃が斜面を上り、砦に取りつくのが見えた。突き出される槍を薙ぎ払いながら、城壁の向こうへ消えていく。

ほどなくして、砦の中から火の手が上がった。大手の葛山隊も、門を破って砦の中へ攻め入っている。東に視線を転じると、丸根砦からも黒煙が立ち上っていた。

巳の刻（午前十時）、鷲津、丸根の両砦が陥落した。一刻（約四時間）以上に及ぶ激戦である。鷲津の織田秀敏、飯尾定宗と丸根の佐久間盛重は討死に、守兵もほぼ全滅していた。味方の損害も大きく、井伊隊だけで五十人以上を失っている。兵を決死の戦に向かわせるのは、並の将にできることではない。やはり、信長という男、ただ者ではなかった。

積み上げられた骸の山を見つめるお寅の顔は、いくらか蒼褪めている。

「これが、戦ぞ」

お寅は視線を動かさず、無言で頷いた。

四

義元から転陣の下知が届いたのは、鷲津砦の陥落から半刻（約一時間）も経たない頃のことだった。井伊隊は本陣脇備えとして、巻山に布陣せよという。

直盛は、頭の中で絵図を広げた。

義元本陣は、沓掛から大高へ向かう大高道からやや北に外れた、桶狭間山（おけはざまやま）に置かれている。巻山は、その西に位置していた。

桶狭間山に本陣を置くことは、数日前に通達があった。昨日のうちに先発隊が向かったため、本陣の設営もすでに終わっているはずだ。

鷲津、丸根攻略に当たった先鋒を除く今川軍の布陣は、桶狭間山の北を東西に走る東海道に前軍、桶狭間山周辺に義元の本隊である中軍、南の大高道に後軍を置くというものだった。

中軍は、桶狭間山に総大将義元とその旗本千五百。やや北の高根山に、前衛として松井宗信（まついむねのぶ）の千五百。他にもいくつかの山に陣所を構えることになっていた。中軍だけでも、総勢は五千をいくらか超える。

「今になって転陣せよとは、御屋形様はいかなる意図にございましょうか」

玄蕃が疑問を口にする。

「おそらく、信長が動いたのであろう」

他に、考えられる理由はない。信長は清洲を出陣し、こちらへ向かっているのだ。そして義元は、それをこの地で迎え撃つことに決めたのだろう。

「それにしても、一戦終えたばかりの我らを呼び戻すなど」

不服そうに、お寅が言った。朝比奈や葛山、松平の各隊には、転陣の命は届いていないのだ。

「致し方あるまい。我ら国人衆が求められておるのは、そうした役回りだ」

移動を開始した直後、彼方から鉄砲の筒音が連続して響いた。

「何事か。物見を出せ！」

まさか、もう信長が現れたのか。だが、それにしては早すぎる。筒音に続いて湧き起こった喊声も、すぐに途絶えた。

巻山に到着して陣の設営に取りかかった頃、駆け戻った物見が報告した。

東海道の前軍が、山中を進む織田軍の小部隊を捕捉し、これを殲滅（せんめつ）したのだという。敵は三百ほどで、将は佐々（さっさ）隼人正（はやとのしょう）、千秋季忠（せんしゅうすえただ）。その二人の首級も挙げられていた。

殲滅された三百は、義元本陣を探していたのだろう。だが見つけ出したところで、周囲にはいくつもの隊が陣を置いているのだ。それを突破して本陣に近づくことなど、できはしまい。

あるいは、と直盛は思った。

信長の出陣を聞いた義元は策を切り替え、この一戦で信長の首を挙げるつもりなのかもしれない。信長さえ討てば、残された織田家臣や国人衆は、今川に降る他に道はない。信長の首一つで、尾張全土がいとも容易(たやす)く掌中に収められるのだ。肥沃で商業も活発な尾張を制すれば、今川の支配はより強固なものとなる。

だが、義元がそこで満足するとも思えない。さらに美濃(みの)を獲り、京へ上って天下を目指すことも、十分に考えられる。

井伊家は先鋒として、いつ果てるとも知れない戦に駆り出され続けるのか。暗澹たる思いで、目と鼻の先の桶狭間山を眺めた。

「父上、空が」

お寅の声に、直盛はその指差す先を見上げた。

西の空が、急速に黒く染まっていく。気づくと、生温(なまぬる)い風が吹きはじめていた。

雨雲は見る間に空を覆い、彼方では雷光が閃いている。風も激しさを増し、木々の枝を大きく揺らしていた。

間もなく、信じ難いほどの暴風が襲ってきた。吹き荒れる風は幔幕や旗指物を吹き飛ばし、ほとんど真横から叩きつける雨粒が、礫のように全身を打ちつける。

もはや、陣の設営どころではなかった。兵たちは風雨を避けるため森の中へ逃げ込んでいく。直盛も、手近な木の幹に摑まり蹲っているのがやっとだった。

どれほどそうしていたのか、風雨はいくらか弱まった。たぶん、四半刻（約三十分）も経ってはいないだろう。空は今なお暗いが、雷鳴は遠のいている。

「集まれ。休んでいる暇はないぞ。陣の設営を急ぐのだ」

命じると、振り返って桶狭間山の本陣に視線を向ける。やはり同じように、陣幕や旗指物が散乱し、兵たちも散り散りとなっていた。激しい風によるものか、義元が乗ってきた塗り輿が横倒しになっている。その様は直盛に、何か不吉なものを感じさせた。

「急がせろ。敵はいつ現れるかわからんぞ」

側に立つ奥山孫市郎に言った刹那、視界の片隅に、あるはずのないものが映った。

桶狭間山の北西の麓、周囲の丘陵を縫うように、軍勢が移動している。

「父上、あれは……」

お寅が軍勢を指差す。距離があるため、旗印は読めない。東海道の前軍が後退してきたのか。いや、そんなことをする理由はどこにもない。松井宗信の軍も、高根山を動いてはいない。しかし、その軍勢は明らかに、義元本陣を目指している。

やがて、軍勢の全容が見えた。数は二千ほどか。足軽の持つ槍は異様に長く、身の丈の四倍近くはありそうだ。

そして、掲げるのは永楽銭の旗印。織田信長が、好んで用いているという旗だった。

肌に粟が生じた。なぜ、信長の軍がこんなところにいるのだ。東海道を押さえていた前軍は、何をしていたのか。

考えるまでもない。現に織田軍は、本陣の目の前に迫っている。前軍はすでに、突破されたのだろう。そしてあの大雨がこちらの視界を塞ぎ、敵の姿を覆い隠した。

だが、なぜ信長は、義元の本陣の位置を特定できたのか。敵の動きは、本陣が桶狭間山にあると知っていなければできる芸当ではない。やはり、味方の中に内通者がいるのか。

浮かんだのは、一人の男の顔だった。

松平元康。信長が野戦を仕掛けてくる危険を指摘した際に覚えた違和の正体が、これか。確証はないが、信長に義元を討たせることで、今川に奪われた松平の旧領を取り戻そうと考えても、おかしくはなかった。

いや、詮索している暇はない。ただでさえ大雨で混乱していた義元の旗本は、突如現れた敵に虚を衝かれている。

喊声が上がり、敵が桶狭間山を上りはじめた。旗本は慌てて陣を組み直しているが、敵はその暇を与えず、長槍で叩き伏せていく。

黒糸縅の具足をまとい、馬上で采配を振る白馬に乗った将。あれが、信長か。

「殿、御屋形様が危のうございます。急ぎ救援に向かうべきかと」

玄蕃に向かって頷いたその時、己の中で何かが頭をもたげてくるのを感じた。

もしも、義元が討たれるようなことがあれば。簗田政綱が言ったように、今川領はとてつもない混乱に見舞われるだろう。今川の軛(くびき)を脱し、小野一族も排除して、己の望むままに生きられる。遠州一国を制し、天下に名を揚げることも夢ではない。

だが、ここで織田に寝返ったとしても、義元を討ち漏らせば、井伊家に未来はない。井伊谷は今川の大軍に攻め落とされ、井伊一族は逆臣として、一人残らず首を刎ねられる。

「殿、何を迷うておられます。急ぎ、本陣の救援を！」

瞼を閉じ、ほんの数瞬の間、思案した。

再び目を開き、直盛は命じる。

「至急、桶狭間山へ向かう。敵は、織田弾正忠信長である」

これでいい。すべてを賭けるには、自分はあまりに多くのものを背負いすぎている。お寅の何か問いかけるような視線を、直盛は無視した。

馬に跨り、槍を摑む。その穂先を、直盛は織田軍へと向けた。

「弾正忠はあれにある。討ち取って、末代までの誉れとせよ！」

兵をまとめ、巻山を駆け下りた。桶狭間山との間にある狭い平地には深田が広がっていて、今は一面の泥濘と化している。

馬の膝上まで泥に沈んで動けなくなると、直盛は馬を飛び下りた。松井宗信の軍も義元救援に向かっているが、同様にぬかるんだ地面に足を取られている。

その間にも、桶狭間山の戦いは激しさを増していた。旗本たちは槍衾を作って必死に堪えているが、織田軍の勢いは凄まじい。突き崩されるのも、時間の問題に見えた。

もがくように泥を掻き分け、ようやく深田を抜けた。槍を手に、桶狭間山を駆け上る。麾下の兵たちも後に続き、織田軍の横腹を衝く形になった。こちらに気づいた織田軍の一部が反転してくる。

向かってくるのは、せいぜい三百ほどだ。敵は有利な斜面の上だが、連戦で疲弊もしている。突き破るのは、難しくはない。

だが、ぶつかったのは、直盛の知る尾張兵ではなかった。死をまるで恐れず、剽悍をもって知られる井伊軍にも、怯むことなく果敢に攻め寄せてくる。雑兵にいたるまで統制が行き届き、得物の扱いもよく鍛えられていた。もしかすると、今川軍のように領内の百姓を駆り集めたのではなく、最初から兵として雇われ、平時から訓練されているのかもしれない。

敵兵を槍で突き伏せながら、直盛は信長の姿だけを探した。味方は完全に押されているが、信長さえ討てば戦は勝ちだ。そして、この手で信長の首級を挙げれば、今川家中における井伊家の地位は、飛躍的に向上する。

目の前の足軽の喉を抉った刹那、横合いから敵の武者が斬りかかってきた。槍を手放し、抜き打ちで腕を斬り飛ばす。とどめを刺す間も惜しんで、斜面をさらに駆け上った。さらに一人、二人と斬り伏せ、敵兵の壁を突き抜ける。

見えた。黒糸縅の具足。信長は徒立ちで自ら血刀を振るい、味方を叱咤している。周囲を固めるのは、十数人の旗本のみ。これ以上の機会はない。

「我こそは井伊信濃守直盛。織田弾正忠殿、その首、貰い受ける！」

大音声で呼ばわった。信長が振り返る。視線がぶつかった。返り血に染まった顔で、白い歯を見せて笑う。直盛はその目に、狂気の光を見た。

背筋に冷たいものが走った。理屈ではない。この男は、生かしておくには危険すぎる。何かに背中を押されるように、足を踏み出す。

信長を守ろうと、周囲の兵が立ちはだかった。構わず前へ出た。二の腕を浅く斬られた。敵の槍が直盛の肩を抉る。雄叫びを上げ、群がる敵兵を薙ぎ払った。信長。もう目の前だ。上段から振り下ろした刀を、信長は受け止めた。

「無駄だ。義元の首級はじきに挙がる」

息がかかるほどの間合いで、信長は囁いた。

「今川は終わりだ。そなたを縛るものは、もうありはせぬ。ここで命を捨てるより、織田に降れ」

「黙れ！」

渾身の力で、両腕を押し込んだ。信長は後ろへ跳び退り、再び間合いを取る。

「三河は松平にくれてやる。そなたは遠江を獲るがいい」

やはり、松平元康は内通していたか。

「それで、お主は何を得る？」

打ち込む隙を探りながら訊ねると、信長の目の光がさらに増した。

「俺は今川領などいらん。美濃を落とし、京へ上る」

「天下、か」

答えず、信長は再び笑みを見せる。

かすかな羨望を、直盛は覚えた。この男は、己が野望を隠そうともしない。欲しいものに手を伸ばすことに、何の迷いも抱いてはいない。

不意に、彼方から怒濤のような声が聞こえてきた。

「義元が死んだか」

さしたる感情も窺えない声音で、信長が呟く。

「勝敗は決した。此度だけは見逃してやる」

馬鹿な。ここで退けるか。思ったが、味方は得物を捨て、我先に逃亡していく。

そして、信長の周囲には続々と兵が集まりつつあった。

「己が望みのまま、生きてみよ」

信長は刀を納め、踵(きびす)を返して歩み去っていく。

直盛はなす術なく、茫然とその後ろ姿を見つめた。全身の力が抜け、代わって傷がじわじわと痛みはじめる。

敗けた。結局、自分はこの戦で、何も手にすることはできなかった。やはり、その程度の器量でしかなかったということだろう。

「父上！」

お寅の声に、我に返った。奥山孫市郎と、数人の兵たちの姿も見える。

「父上、お怪我を」

「大事ない。掠(かす)り傷だ」

お寅が持つ薙刀の刃が、血に塗れている。

「斬ったか」

無言で、お寅が頷いた。

「他の将兵はいかがした。玄蕃の姿も見えぬ」

「味方はすでに、散り散りとなって敗走しております。かなりの数の重臣方が討たれ、玄蕃殿も、乱戦の中で見失いました」

「そうか。致し方あるまい」

義元が討たれても、戦はまだ続いていた。織田軍の兵は、まだ戦い足りないかのように、一方的に今川兵を狩り立てている。

信長は見逃すと言ったものの、その命令が全軍に届いているわけでもないだろう。加えて、落ち武者狩りの脅威もある。井伊谷までの道のりは、長く険しいものになる。そもそも、この地から逃れられるかどうかさえわからない。

「父上、我らも急ぎましょう」

「そうだな。帰ろう、井伊谷へ」

戦は敗けた。だが、すべてを失ったわけではない。守らねばならないものは、まだ多くある。

見ると、直盛の周囲には五十人ほどの麾下が集まっていた。いずれも憔悴しきっているが、その目はまだ、死んではいない。

「まずは、沓掛城を目指す。続け！」

疲れきった体にもう一度力を籠め、駆け出した。

五

どれほどの距離を進んだのか、戦場の喧噪はようやく遠いものになっていた。

空は今なお厚い雲が垂れ込め、今が何刻なのかもわからない。桶狭間山から沓掛城までは一里（約四キロメートル）ほどだが、大きな道は他の敗走兵でごった返している。追撃を避けるため、直盛はいくらか遠回りしてでも脇道を選んだ。それでも、もう半分以上は進んだはずだ。

織田軍の挙げる勝ち鬨が、彼方に聞こえる。だが、今も残党狩りは続いているだろう。

直盛は五十の兵をまとめると、一丸となって織田軍の包囲を破り、戦場から離脱した。敵の追撃は激しく、振り切るまでにほとんどの兵を失っている。生き残った者はわずか十名ほど。誰もが傷を受け、歩くのがやっとの者も少なくない。

「沓掛城はすぐそこだ。いましばし、耐えよ」

そう叱咤する直盛も、すでに満身創痍だった。とりわけ肩口に受けた槍傷がひどく、かなりの血を失っている。兜（かぶと）も失くし、杖代わりの刀も刃毀（はこぼ）れでぼろぼろだった。

「父上、少し休まれては。傷の手当てだけでもしなければ」

そう言ったお寅も、荒い息をしていた。傷を受けたのか、色白の頰は血で汚れている。

「ならん。一刻も早く、沓掛の城へ入るのだ」

「しかし、父上のお体が」

「織田軍は、いつ押し寄せてくるかもわからぬ。休んでいる暇などないぞ」

狭い道の両側は、深い森だった。足元はぬかるみ、歩くだけでも体力を消耗していく。

「井伊谷へ帰ったら」

朦朧とする頭で、直盛はうわ言のように言った。

「わしは、己が望みのままに生きよう」

これからは、己の胸に秘めた野望から目を背けはしない。小野一族から実権を奪い返し、近隣の国人衆を斬り従えて、遠江一国を手中に収める。遠江を制した暁には、駿河を攻めて今川を滅ぼし、天下に名乗りを上げるのだ。そしてもう一度、信長に戦いを挑む。

「どうだ、面白かろう？」

お寅は頷き、白い歯を見せた。

「その戦、お寅もお供いたします」

「そうか。それでこそ、我が娘だ」

笑みを返した刹那、体がびくりと震えた。

殺気。暗い森の中に、いくつかの気配。野伏か、あるいは落ち武者狩りの百姓か。

両側の森から喊声が上がり、人影が湧き出した。十、いや、二十は超えている。

身なりからして、百姓ではない。織田軍の追手だろうが、なぜか旗指物の類は掲げていなかった。

考えている暇はない。敵は狭い道の前後を塞ぎ、たちまち激しい斬り合いがはじまった。

直盛は気力を奮い起こし、向かってきた一人を斬り伏せた。二人目と斬り結ぶ。懐に飛び込んで襟首を摑み、地面に転がす。その喉元に、切っ先を突き入れた。

乱戦はまだ続いていた。お寅が、数人を相手に薙刀を振るっている。敵は次々と斬りかかっていくが、お寅は舞うような動きでそれをかわし、鮮やかな薙刀捌(さば)きで一人、二人と斬り伏せていく。

我が娘ながら、見事な戦いぶりだった。これなら、巴御前のごとく名のある女武者になれるやもしれない。

笑みを浮かべたその時、背後に気配を感じた。振り返り、刀を構える。

「そなた、生きておったか」

そこにいたのは、小野玄蕃だった。桶狭間山から、血路を開いてきたのだろう。全身は返り血で朱く染まり、手にした槍からは血が滴り落ちている。

安堵とともに構えを解いた刹那だった。

腹に、何かが突き刺さった。玄蕃の槍。穂先は具足を貫き、内臓にまで達している。

「御免。殿を、井伊谷にお帰しするわけにはまいらぬゆえ」

「政次の命、か」

「御意」

戦場の混乱に紛れて直盛を暗殺し、井伊家を乗っ取る。政次の考えそうなことだった。

感情が窺えない声音で、玄蕃はさらに続ける。

「されど、兄の器量などたかが知れたもの。井伊家簒奪（さんだつ）が成った暁には、それがしが追い落とす所存」

「なるほどな」

この男も、胸の裡（うち）に野望を秘めていたということか。そして自分は、己の野望から目を背けるあまり、他者のそれさえも見抜けなくなっていたらしい。

だが、まだ終わるわけにはいかない。

痛みを堪え、突き刺さったままの槍の柄を左手で掴んだ。渾身の力で刀を振り下ろし、柄を叩き斬る。膝が折れそうになるのを堪え、踏み込んだ。

玄蕃は槍を捨て、刀の柄に手を伸ばす。だが、直盛はそれよりも早く、その首筋に刃を叩きつけた。食い込んだ鋸状の刃を、力任せに引く。血飛沫が上がった。

玄蕃は、その顔に憎悪と苦痛を滲ませたまま、崩れ落ちていく。

玄蕃が討たれたのを見て、敵が逃げはじめる。襲ってきたのは、小野家の兵だったのだろう。

急速に、体の力が抜けていった。直盛は倒れた玄蕃の傍らに膝をつき、喉の奥から込み上げた生暖かい血を吐き出す。

「父上！」

お寅と孫市郎が駆け寄ってきた。二人とも、無事だったようだ。

直盛の腹の傷は、致命傷だった。すでに視界は霞み、痛みさえ遠いものになっている。

心のままに生きようと決めた途端、このざまか。苦笑し、胡坐を掻いた。

「殿、すぐに手当てを……」

「もうよい。助かりはせぬ」

直盛は震える手で、具足の紐を解いた。腹巻を外し、鎧直垂の襟をはだける。

「父上、何を」

「腹を切る。井伊家当主ともあろう者が、家臣の槍で殺されるわけにもいくまい」

傷の具合を見て、孫市郎も悟ったのだろう。刀を抜き、直盛の背後に回る。直盛は脇差を抜き放ち、お寅に顔を向けた。

「お寅……いや、次郎法師よ。我が亡き後の井伊家は、そなたと直親に託す。生きて井伊谷に帰り、小野一族を討ち果たすのだ」

「承知いたしました。次郎法師はこれより武士として、しかと直親様をお支えいたします」

目に涙を浮かべ、お寅は力強く答えた。

「そなたは、父の誇りである。そなたの力で、井伊家の名を天下に知らしめよ」

言葉にできたのは、そこまでだった。再び込み上げた血が、口から溢れ出す。ようやくできる父親らしい行いが、死に様を見せることか。荒い息を吐きながら、直盛は自嘲した。

信長。皮肉な話だが、最後に己が望みに気づくことができたのは、あの男のおかげかもしれない。京の都に織田家の旗が翻るのも、そう遠い先のことではないだろう。あの男がどれほどの高みに上りつめるのか、あの世から見届けるのも一興だ。

脇差の切っ先を腹に当て、目を閉じる。

瞼の裏に、井伊谷の景色が浮かんだ。穏やかに降り注ぐ陽光。井伊谷川と神宮寺川の豊かな流れ。田を彩る、黄金色に実った稲穂。

できることなら、今一度この目で見てみたかった。

かなうことのない望みを抱きながら、刃を腹に押し込んだ。

第二章　鬼の血統

一

記憶にある最初の兄の姿は、とても武士とは思えなかった。

高々と結った茶筅髷。下人か中間のような半袴に、袖をちぎった小袖。けばけばしい朱鞘の刀。少なくとも、父の葬儀に参列する出で立ちではない。

「三郎、何をしにまいった！」

金切り声を上げる母。眉間に皺を寄せるもう一人の兄、勘十郎信勝。鼻白む一族や家臣たち。

兄はそれらのすべてを無視して祭壇の前に立つと、鷲摑みした抹香を父の位牌に投げつけた。

市は今でも、その光景を思い出すたび恍惚を覚える。

母は泣き叫び、家臣たちは呆気に取られ、頭を抱える。そして兄は、周囲に人などいないかのように、足早にその場を後にした。

「父上亡き後、あの御仁が我らの守(も)り立てるべき主君となるのだ」

信勝は市に向かい、苦り切ったように言う。皮肉のつもりだったのだろう。

だが、市は幼心に、兄の行為に痛快さのようなものを感じていた。

まだ五歳とあって、葬儀の意味さえよくわからない。戦に明け暮れてばかりの父とはろくに言葉を交わしたこともなく、悲しいとも思わない。そして、僧たちの読経が延々続くだけの退屈な時間をぶち壊した兄に、市の心は浮き立った。

あの兄は、市が暮らす末森城から遠く離れた、那古屋(なごや)という城で暮らしているという。

吐き棄てるように、信勝が言った。

「織田(おだ)三郎信長(のぶなが)。あれが、我らの兄だ」

二

見渡す限りに広がる山野は、日に日に秋の色合いを深めつつあった。

小牧山の頂に設けられた物見櫓。ここに立てば、城下の町並みはおろか、木曽川を隔てた美濃斎藤家の本拠・稲葉山城までが見渡せる。

ここからの景色が、市は好きだった。兄が昨年築いたこの小牧山城へ移って以来、何度となく山道を登り、景色を眺めている。

父の死後、兄は主筋に当たる尾張守護代・織田大和守を滅ぼして清洲を奪うと、自立を目論んだ叔父を謀殺し、二度にわたって謀叛を企てた信勝を斬り捨て、海道一の弓取りと謳われた今川義元を討ち取った。そして尾張全土を統一するや、直ちに美濃攻略に着手し、この小牧山城へと移った。美濃攻めでは幾度か苦杯を嘗めたが、粘り強く調略を続け、今や形勢は織田家の優位にある。美濃攻略も、それほど先の話ではないだろう。

ゆくゆくは、ここから見える景色のすべてが織田家の版図になる。そして濃尾を制した兄は、いずれ近江や伊勢も併呑し、織田家の旗を京の都に立てるのだろう。

その日のことを思うと、誇らしさと同時に、女に生まれた我が身への口惜しさが湧き上がってくる。

忸怩たる思いだった。十八歳になる今まで、自分は何一つ兄の覇業に貢献してはいないのだ。

幼い頃から武芸や馬術を学び、和漢の兵書や軍記物語、政について書かれた書物を読み漁ってきた。侍女が止めるのも聞かず、兄の戦稽古も見物した。それはひとえに、兄の役に立ちたいという思いからだ。だが、兄が自分に助言を求めるようなことはない。その上、この歳になるまで縁談を持ちかけられることもなかった。十八歳といえば、武家の女でなくともとうに誰かのもとへ嫁ぎ、子の一人二人は生していてもおかしくはない。

並の女子よりも長身なのがいけないのか。それとも兄は戦と政務に追われ、妹の嫁ぎ先のことなど露ほども考えてはいないのか。櫓の欄干に寄りかかり、市は嘆息を漏らす。

「ここにおったか」

不意に、甲高い声が響いた。視線を下へ向ける。

「兄上」

信長は梯子を登ると、市の隣に立った。

「この眺めが好きか」

「はい。何やら、天下を獲ったような心持ちになれますゆえ」

「そなたは変わっておる」

珍しく、信長は口元に笑みを浮かべた。家臣の不手際には烈火の如き怒りを見せるというが、少なくとも女子に声を荒らげることはない。だがその代わり、実の妹に対しても胸襟を開くことはなかった。

「そなたの嫁ぎ先が決まった」

市は目を見開いた。ついに、この時が来たのだ。

「お待ちください。どこの家か、当ててみせまする」

「ほう」

束の間思案を巡らせ、口を開いた。

「北近江、浅井家。違いますか？」

「何ゆえ、さように考えた」

「東の徳川、武田とはすでに盟約が成っております。北の越前朝倉は、大国なれど野心に乏しく、わざわざ味方に取り込まねばならぬ相手ではありますまい。とすれば、江北の麒麟児と称される、浅井備前守様の名が浮かびました。上洛なされるのであれば、江北の地は何としても押さえておかねばならぬ要衝にございます」

思案の道筋を語ると、信長は腕組みしたまま小さく頷いた。

「さよう。そなたの夫となる男は、浅井備前守長政である」

「承知いたしました。兄上の御為、しかと働きまする」

「俺は、野心無き者を信用せぬ。そなたの手で、江北の地を獲るつもりで嫁に行け」

常と変わらぬ冷ややかな調子で言うと、信長は踵を返し、櫓から下りていく。

信長の姿が見えなくなると、市は視線を北西の方角へ向けた。

美濃、近江国境にそびえる伊吹の山々。あそこを越えた先に、自分の夫となる男がいる。

どれほどの人物だろう。織田信長の義弟に相応しい男だろうか。兄の覇業を支える意思はあるのか。

人となりも、容姿の美醜も関心はない。興味があるのは、浅井長政という男の器量だけだ。

北近江に根を張る浅井家は、長政の祖父・亮政が築き上げた家だった。

亮政は、主家である北近江守護・京極家の内訌に乗じて台頭し、やがては京極家を凌ぐほどの勢力を得る。そして南近江の六角家と激しく争いながら、主君を傀儡として江北の覇権を確立した。

だが亮政が没し、息子・久政の代になると、その支配は大きく動揺する。反撃に転じた六角軍に敗れ、久政は屈伏を余儀なくされたのだ。服属の証として、久政の嫡男・新九郎は、正室に六角家臣の娘を娶らされる。新九郎は六角家当主・承禎の諱である義賢から一字を貰い、賢政を名乗ることとなった。

しかし、これに真っ向から反発したのは当の新九郎だった。

新九郎は反六角派の重臣たちを糾合して久政に隠居を強い、自らが当主となると、正室を離縁して六角家に送り返す。

激怒した義賢は直ちに二万五千の大軍を発し、浅井領へ侵攻。これに対し、新九郎は一万一千の兵を率い出陣した。そして両軍は、近江国野良田の地で激突する。

圧倒的な兵力で押しまくる六角軍に対し浅井軍は劣勢を強いられるが、新九郎は緒戦の勝利で油断した六角軍の隙を衝き、自ら陣頭に立って六角本陣を強襲、六角軍を総崩れに追い込んだ。

時に永禄三年八月、桶狭間の戦いの三月後のことである。当時、新九郎は弱冠十六歳。信長よりも、十一歳年少だった。

この合戦で勝利を得た新九郎は賢政の名を捨て、長政と名乗りを改め、今も六角家との戦を優位に進めているという。

市が調べた限りでは、浅井長政という男は相当な器量の持ち主だった。

一万一千で二万五千を破ったという話には、いくらか誇張も混じっているだろう。とはいえ、倍する敵と正面から戦い、勝利を得たのは間違いない。その将才に加え、若くして重臣たちをまとめ上げる力量、そして実父を隠居に追いやる苛烈さ。信長が妹を差し出してまで味方に引き入れようとするのも頷ける。

「見えてまいりましたぞ」

市を乗せた駕籠の隣を馬で進む家臣が報告した。

「あれが、小谷城にございまする」

駕籠の中から覗くと、急峻な山の中腹から頂にかけて築かれた城が見えた。山そのものは小牧山よりはるかに高いが、城の造りはずいぶんと貧相に感じた。城下の規模も、小牧山と比べてかなり小さい。

「致し方ありますまい」

落胆が顔に表れたのか、家臣が弁明するように言った。

「小牧山の城下には重臣方が屋敷を構え、清洲から商人、職人も移されました。されど、浅井家は大名とはいえ、国人衆に担ぎ上げられた棟梁のようなもの」

「家臣たちを城下に集めるほどの権力は持たぬ、ということか」

「ご明察」

鼠にも猿にも似た顔の家臣が、突き出た歯をさらに突き出して笑う。

元は兄の草履取りだったという出自も怪しい男だが、兄に気に入られて今は家臣団の末席に取り立てられている。この木下藤吉郎という小男が、市の輿入れの護衛役だった。

美濃斎藤家、南近江六角家の版図を避けての道のりは、想像よりもはるかに苛酷だった。五十名ほどの一行は埃にまみれ、とても輿入れに向かう花嫁とその供には見えないだろう。

小谷に着いたら、まずは旅の垢を落とさねば。そう思案していると、前方から馬蹄の響きが聞こえた。藤吉郎の顔に一瞬緊張が走り、すぐに緩む。

「お迎えにございます」

藤吉郎の命で、駕籠が下ろされる。迎えの一団は二十騎ほどで、いずれも直垂(ひたたれ)姿だった。全員が下馬し、前に立つ重臣らしき大柄な武士の後ろに残りの者が控えている。

駕籠を下り、市は頭を下げた。

「お迎え、ご苦労に存じます。織田弾正忠(だんじょうのじょう)信秀(のぶひで)が娘、上総介(かずさのすけ)信長が妹、市にございます」

「そなたが市か。浅井備前守長政である」

思いがけない答えに、市は弾かれたように顔を上げた。

大柄で身の丈は六尺（約百八十一センチメートル）余、二十貫（約七十五キロ）はありそうな大男だが、よくよく見ればまだ若い。そして、色白で鼻筋の通った美丈夫でもある。

「遠路、よくぞまいってくれた。父上には止められたのだが、絶世の麗人と噂されるそなたに、一刻も早う会うてみとうてな」

「絶世の麗人……わたくしが、でございますか？」

そんな噂など、一度も耳にしたことはない。戸惑う市に頷きを返し、長政は照れたような表情を浮かべた。

「噂はまことであった。上総介殿が手元から離さなかったのも、よくわかる」

長政がひらりと馬に跨る。その体躯からは想像もつかないような軽やかな所作に、市は目を奪われた。どうしたわけか、心の臓が高鳴っている。

「では、我が城へまいろうか。私が案内仕る」

そう言って、颯爽と馬腹を蹴る。

「さあお市様、駕籠へ」

藤吉郎が促すが、市は動くことができなかった。

なぜかはわからない。わからないが、もう少しだけ、あの後ろ姿を見ていたい。

強く、そう思ったのだ。

三

小谷城の御局屋敷には、どこか浮足立った気配が漂っていた。

屋敷とはいっても、山上のわずかな平地に建てられた質素で小さなものだ。侍女たちが廊下を忙しなく走り回る音は、屋敷のどこにいても聞こえてくる。

喧噪の中、市は入念に化粧を施していた。鏡を見つめ、おかしなところはないか確かめる。髪に乱れはないか。小袖と打掛の組み合わせは、本当にこれでいいだろうか。

兄と会うだけではないか。もう一人の自分の冷ややかな声が聞こえるが、浮き立つ気持ちは抑えられない。母の華やいだ気分が伝わったのか、産着にくるまれた娘がはしゃいだ声を上げる。

折に触れて文のやり取りはしているものの、直接顔を合わせるのは四年ぶりだった。

斎藤家を倒し美濃を落手した信長は昨日、佐和山城を訪れ久政・長政父子と対面している。そして、「久しぶりに妹の顔が見たい」と、予定に無かった小谷城への訪問を望んだのだという。

浅井家に嫁いで四年。長かったようにも、あっという間だったようにも思える。子は、この春に生まれた茶々(ちゃちゃ)一人だけだが、早く跡継ぎを産めという周囲からの重圧はない。

長政には、身分の低い側女に産ませた万福丸(まんぷくまる)という男児がいた。その側女はすでに没しているため、市は万福丸を我が子同然に慈しんでいる。

長政との夫婦仲は、自分でも意外なほど良かった。愛されているという実感は、四年が経った今も消えてはいない。

大名ともなれば、妻といっても所詮は他家からの人質であり、手切れとなれば斬り捨てられる覚悟を持たねばならない。だが、長政は市を殊(こと)の外(ほか)慈しみ、男児に恵まれないことを責めるでもなく、側室を置こうともしなかった。

良くも悪くも、長政とはそうした男だった。妻子や家臣領民には慈愛をもって接し、落ち度があっても怒声を上げるようなことはない。さらには、自ら隠居に追い込んだはずの父・久政と同じ城に暮らし、厚く遇してさえいる。乱世ゆえ、子が父を追い落とす例は枚挙に遑がないが、こんな話は他に聞いたことがない。

乱世の武人としては、いささか甘すぎると言わざるを得ない。この人物が、本当に六角の大軍を打ち破った勇将なのかと、嫁いだ当初は疑ってかかったものだ。

小谷へ来て四年、北近江は平穏だった。

六角家では大きな内紛が起こり、浅井との戦どころではない。北の越前朝倉家とも、祖父・亮政の代から盟友の間柄にあり、争いの種はなかった。これが兄ならば、六角を倒して南近江まで併呑するところだろう。だが、長政は自領を維持するだけで満足しているようだった。

夫に愛され、女児ではあるが子にも恵まれ、日々は平穏に過ぎていく。女子に生まれて、これほどの幸福はそうそう得られるものではない。気づけば、あれほど強かった兄の役に立ちたいという思いも、いつしか消えていた。

このままでいい。領地など増やさずとも、このままずっと、夫とともに子らの成長を見守る日々が続けばいい。

「御方様。殿がお戻りになられました。織田の殿も」

廊下から、侍女の菊の声がした。市と同年で幼い頃から側近くに仕え、輿入れにも同行してきた信頼できる侍女だ。

「すぐにこちらへおいでになるとのことです」

「わかりました」

居住まいを正すと、やがて足音が聞こえてきた。

「市、戻ったぞ」

声がかかる。襖が開き、長政が信長を伴って入ってきた。

「久しいな。四年ぶりか」

「兄上」

兄の変わらぬ姿に、胸が熱くなった。視界がかすかに滲む。

「積もる話もございましょう。それがしはこれにて」

「お気遣い、痛み入る」

「なんの。ごゆるりとなされませ」

長政は微笑を湛えて答える。

長政は、信長を義兄として慕い、武人としても心酔していた。家督を継いでわずか十数年で、尾張と美濃という二つの大国を掌握したのだ。その力量は、自分には遠く及ばないと、常々口にしてもいる。

長政が出ていくと、信長は茶々を一瞥(いちべつ)し、興味なげにこちらへ視線を戻した。

「ここが、御局屋敷か」

相変わらず、兄の言葉は少なかった。浅井家は貧しい。そう言いたいのだろう。

「浅井の家は、小身にございますゆえ」

江北の地をほぼ押さえているとはいえ、所領の大半は傘下の国人衆のものである。

浅井家は、決して豊かな家ではなかった。

「浅井長政とは、いかなる人物か」

「此度のご来訪はやはり、我が殿の器量を見定めるためにございますか」

「無論」

優れていれば、利用する。愚物であれば、江北を奪う。また、優れすぎていても、

この兄は浅井を叩き潰すだろう。

「兄上は、いかがご覧になられました?」

「有能ではある。だが、解せん」

「さようにございますか」

当然だろう。信長にしてみれば、六角を攻めないのも、追い落とした父を厚遇するのも、人質にすぎない正室を溺愛するのも、理解の外にあるはずだ。

「隣国の主が、わずかな供廻りで自領に来訪する。俺ならば、殺して隣国を奪う」

そう口にするからには、信長は浅井方の謀殺に対する備えをしているのだろう。この兄は、容易く人を信じるような質ではない。いや、誰かを信じたことがあるのかどうかさえ、疑わしかった。

「殿は、信義に篤き御方にございますれば」

「信義か」

鼻を鳴らして笑う。兄とは、もっともかけ離れた言葉だろう。

「まあよい。愚直で有能な者は、使い勝手がいい」

市は内心、胸を撫で下ろした。少なくとも今のところ、信長に浅井を潰すつもりはなさそうだ。

「兄上はやはり、京を目指されますか」

信長が頷く。

今年になって、信長は先代将軍足利義輝の弟・義昭を美濃へ迎えている。義輝は三年前に京を支配する三好(みよし)三人衆によって殺害され、義昭は長く流浪の身にあった。

信長が義昭を奉じての上洛を目論んでいるのは、誰の目にも明らかだ。今回の江北訪問も、その地ならしのためだろう。

「長政の手綱、しかと握っておけ」

言うと、信長は腰を上げる。

結局、茶々を産んだ祝いの言葉は、一言もなかった。

永禄十一年九月、信長は浅井、徳川の軍も加え六万とも称する大軍を擁し、上洛の軍を発した。

江南の六角家を鎧袖一触(がいしゅういっしょく)で打ち破ると、三好三人衆は戦うことなく京を放棄し、信長はついに念願の上洛を果たす。信長はさらに摂津へ兵を進めると、各地で三好方を破り、三人衆は阿波(あわ)へと敗走していった。

十月十八日には、義昭が朝廷から将軍宣下を受け、正式に足利幕府第十五代将軍に就任した。大和の松永弾正久秀(まつながだんじょうひさひで)をはじめ、畿内近国の大名は続々と義昭に降(くだ)り、事実上織田家の傘下に入る。わずか一月半で江南と畿内五カ国をほぼ平定するという、驚異的な戦果だった。

轡（くつわ）を並べ、大軍を率いて都大路を進む兄と夫の姿を、市は思い描いた。

これから長政は、兄の盟友として栄達の道を歩んでいくに違いない。浅井の家運は隆盛し、子らにも家臣領民にも、貧しい思いをさせずともすむのだ。妻として、これ以上誇らしいことはない。

あの兄が、いつまでも義昭を担ぎ続けるとは思えない。いずれ兄は、義昭を廃して自身が頂点に立とうとするはずだ。そして、天下人となった兄を、長政が片腕となって支える。

市は、いつしか忘れていた胸の高鳴りを感じずにはいられなかった。

四

信長上洛から一年半余り、江北の地は今なお平穏だった。

昨年正月には京・本圀寺（ほんこくじ）に滞在する足利義昭を、阿波の三好三人衆、美濃を追われた斎藤龍興（たつおき）らが襲撃したものの、各地から駆けつけた織田方によって打ち払われた。その前年、信長は北伊勢に出兵し、北畠（きたばたけ）、神戸（かんべ）らの諸大名を降している。

北伊勢平定の際、信長は降伏の条件として北畠、神戸両家に元服前の息子を養子として送り込んでいた。いずれ両家の家督を息子たちに継がせるのが狙いなのだろうが、手切れとなれば子らは斬られる。血の繋がりさえ政の具としか見ない信長らしいやり方だと、市は思った。

そして年が明けた永禄十三年春、市は二人目の子を産んだ。またしても女児だったが、長政は気にするふうもなく、〝初（はつ）〟と名付けて慈しんでいる。

「今日と変わらぬ穏やかな日々が、ずっと続く。それを望むのは、愚かなことであろうか」

初夏を迎えたある日、長政は初をあやしながら呟いた。その声の調子は、いつになく沈んでいるように思える。

「何ぞ、ございましたか？」

「朝倉殿のことだ」

信長は昨今、畿内近国の諸大名に対し盛んに上洛を呼びかけている。京へ上り、義昭への忠誠を誓えというのだ。多くはこれに従っているが、越前の朝倉義景（よしかげ）だけは、信長の要請を黙殺している。

「当家からも幾度か説得の使者を送ったが、義景殿は首を縦に振られぬ」

浅井と朝倉の繋がりは、古く深い。

亮政の時代、六角家に攻められ苦境に陥った際、浅井は朝倉からの援軍で幾度となく救われている。今の浅井家があるのは、朝倉家の尽力によるものと言っても過言ではないのだ。そして両家の関係は、対等な同盟というよりも、浅井が朝倉に従属していると言った方が近かった。

「このままでは、織田と朝倉の戦になるやもしれぬと？」

「それはあるまい。浅井と織田の盟約には、朝倉とは敵対せぬという条件が含まれているのだ」

「では万一、兄がその約定を破った場合、殿はいかがなさるおつもりです？」

「無論、両家の間を取り持ち、戦を避けるよう動く。それでも戦になった時には」

数拍の間を置き、長政は続けた。

「義兄上（あにうえ）に付くより他、あるまい」

織田、朝倉両家の国力を比較してみれば、当然導き出される答えだった。濃尾に加え北伊勢、南近江、畿内五カ国まで掌中に収めた織田家に、朝倉家が敵うはずもない。

「殿は、それでよろしいのですか？」

「何を言う。織田を離反いたせば、そなたとは共に暮らせなくなるのだぞ」

「それは、その通りですが」

「私は義兄上と違って、大それた野心などない。この江北の地と家臣領民を守り、浅井の家が末永く続けばそれでよい」

野心の無さは、人としては美徳だろう。だが戦国の世にあって、己の領地を守ることだけ考えていては、他者に後れを取ることにならないのか。

信長はいつか、野心の無い者は信用しないと言っていた。信の置けない者を、信長がいつまでも盟友として遇するだろうか。

言いようのない不安が、胸の中に芽生えはじめている。そしてそれ以上に、市は夫の答えに落胆を覚えていることに、自分でも戸惑っていた。

四月二十日、在京していた信長が軍を発したとの一報が届いた。

率いる兵は三万。その中には、三河の徳川家康の軍も含まれている。出陣の目的は、若狭の武藤家討伐だという。

「馬鹿な」

報せを受けた長政は、しばし茫然自失の体だった。

若狭武藤家などという小大名の討伐に、三万もの大軍は必要ない。信長の真の討伐対象は、明らかに越前朝倉家だ。市にも、信長の狙いは透けて見える。

やがて、続報が届いた。湖西街道を北上し若狭国吉城に入った信長は、全軍に「将軍家の名代として、越前朝倉家を討つ」と布告したという。

「何ゆえ、義兄上は約定を破られたのだ。せめて、事前に相談さえしてくれれば」

「恐らく兄は、殿を試しておられるのでは」

「私がまこと、信の置ける同盟相手であるか否か、ということか。だが、約定を破ったのは事実ではないか」

朝倉との不戦は、一大名である織田家が私的に交わした約定。しかし今回の越前攻めは、幕府の命に従わない朝倉家を、将軍に代わって討伐するというものだ。一大名としての約定に縛られる筋ではない。信長ならば、そう答えるだろう。だが、信義を重んじる長政に通じる話ではない。

長政はいつでも動けるよう、すでに陣触れを発していた。

領内各地から兵を引き連れた家臣たちが集まり、城内は騒然としはじめている。朝倉家からは、救援を求める使者も来ているらしい。本丸大広間では、主立った者を集めての評定が開かれているが、その様子はわからなかった。

「御方様、浅井の御家はいかが相成るのでしょう。織田家とは、手切れになってしまうのでしょうか」

菊の表情には、不安の色がありありと浮かんでいる。

「今は、殿のご決断を待つより他ありますまい」

浅井家が採り得る道は三つ。一つ、盟友として朝倉に与する。二つ、傍観を決め込み、戦が終わるのを待つ。三つ、織田に付いて朝倉攻めに加わる。

朝倉に与したところで、国力の差は覆しようもない。向かう先に待つのは、滅亡のみ。そして市は、斬られるか織田家に送り返される。

ここは長政の言う通り、織田に付くのが常道だろう。しかし浅井家中には久政をはじめ、親朝倉派も少なくない。織田に与することは、内紛の火種にもなりかねなかった。

だが、傍観したところで信長の信は得られない。むしろ、将軍名代としての戦に加わらなかったとして、後々討伐の理由にもされかねなかった。

そこまで考えて、市は戦慄した。

信長はすでに、浅井を滅ぼすつもりでいるのではないか。今後も浅井を盟友として遇するつもりであれば、長政に越前攻めを告げ、味方に付くよう説けばいい。だが信長はそれをせず、浅井家中が親織田派と親朝倉派に分裂しかねない状況へと追い込んでいるのだ。

上洛を果たし、畿内近国を掌握したことで、浅井家の利用価値はなくなった。信長ならば、そう考えたとしてもおかしくはない。

三万の大軍で一気に朝倉を攻め滅ぼし、返す刀で浅井も討つ。それが、信長の真の狙いではないのか。将軍義昭を擁している限り、理由は何とでもつけられる。

拳を強く握り締めた。兄は用済みとなった浅井家を、そして自分を、弊履のごとく捨て去ろうとしているのだ。

確信が深まるにつれ、腹の底から込み上げてくるものがある。信長に対する、怒りだった。

「菊。もしもの時は、そなた一人だけでも尾張へ戻れるよう、仕度をしておきなさい」

「御方様?」

菊の怪訝な声に答えず、市は立ち上がり、そのまま御局屋敷を出る。

もう金輪際、尾張の地を踏むことはないだろう。脳裏に浮かぶ故郷の景色を振り払いながら、足早に本丸へと向かう。

大広間まで来ると、長政の近習たちが行く手を遮った。

「御方様、評定の最中にございますれば」

「どきなさい。御家の大事なのです」

近習らを押しのけ、広間へ入る。すでに具足姿の一同が、呆気に取られたようにこちらを見た。重臣の遠藤直経が、戦場嗄れした濁声を張り上げる。

「何事にございますか。たとえ御方様であっても、ここは評定の場。女子の身で……」

「さようなことは承知の上。されど、方々に何卒お聞きいただきたき儀がございます」

立ったまま、一同を見回す。

「しかし、御方様は織田家の……」

「よい、直経」

長政に促され、市は自身の考えを説いた。信長はすでに、浅井を見限っていること。どの道を選んでも、いずれ信長は浅井と手切れするつもりであろうこと。

話し終えると、広間には重苦しい沈黙が広がった。

「だがそれは、御方様お一人のお考え。確証あってのことではありますまい」

沈黙を破ったのは直経だった。

「それがしはやはり、織田に与するべきと存ずる」

「待たれよ。当家は累代にわたり、朝倉より恩義を受けておる。それを反故（ほご）にいたせば、忘恩の輩との誹（そし）りは免れまい」

異を唱えた久政に、直経が鋭い視線を向けた。久政の追放には、直経も加わっている。その久政が隠居の身でありながら評定に参列していることが腹立たしいのだろう。

「さようなことより、今はいかにして生き残るべきかにござろう。彼我の国力を勘考いたせば、織田が優位なのは明らか。ご隠居様は、過去に拘って浅井の家を滅ぼすおつもりか！」

「此度は織田に与したとて、信長はいつ裏切るかわからぬ。現に彼の者は、朝倉との不戦の約定を反故にしたではないか！」

「一度は国を傾けた御仁が何を仰せられたとて、聞く耳持たぬわ！」

「もうよせ、直経。ご隠居様も、お控えくだされ」

長政は静かに言い、こちらへ向き直る。

「市。そなたは長く、義兄上を見てきた。そのそなたに問う。当家は、いかなる道を選ぶべきか」

再び、広間に沈黙が下りた。

一同の視線を全身に感じる。浅井家の者にとって、今の自分はもう身内ではない。約定を反故にした信長の妹であり、場合によっては敵方となるのだ。好意的な者は、皆無に等しい。

だが、長政だけは違った。これまでと何一つ変わらない、愛しい者へと向ける穏やかな目で、今も市を見つめている。その視線に応えるように頷き、市は大きく息を吐いた。

問われているのは、浅井が採るべき道だけではない。市は浅井と織田のいずれを選ぶのか、それも問われている。

事と次第によっては、見せしめに殺されるかもしれない。長政の気持ちがどうあれ、重臣たちが市の死を望めば、当主といえども拒むことができないのが乱世の習いだ。

嫁ぐと決まった時から、覚悟はできている。心を決め、市は口を開いた。

「織田家から、離反すべきと存じます」

一同がざわつく中、長政は小さな笑みを浮かべた。

「よもや、そなたが織田からの離反を説くとはな。だが直経も申した通り、彼我の国力には絶大な差がある。織田との手切れは、当家にとって最も困難な道ぞ」

「兄が桶狭間の戦で採った策を、実行なさいませ」

「桶狭間だと？」

「あの戦で我が兄は、敵の総大将ただ一人の首を求め、死中に生を得ました」

若狭にいる織田軍が朝倉の本拠、一乗谷を攻めるには、敦賀を経て木ノ芽峠を越えるしかなかった。一方は海で、軍勢は細長く伸びざるを得ない。そこを浅井の全軍をもって襲えば、信長の首を獲ることも不可能ではないはずだ。

「義兄上の首を狙えと申すか」

市は頷いた。

「兄さえ討てば、織田家に跡を継ぐ者はおりません。兄の子はいずれも元服前。弟たちにも、広大な版図をまとめ上げるだけの力量はありますまい。誰が後継に立ったとしても、分裂は避けられず、当家への脅威は消滅いたします」

久政をはじめ、親朝倉派が我が意を得たりと頷く。

「しかしよいのか。当家が織田と手切れいたせば、そなたの居場所は無くなるやもしれんぞ」

「構いません。離縁いたすなり、お斬りになられるなり、ご随意になされませ。されど私にとっては、殿がこのまま織田の下風に立ち続けることの方が、よほど口惜しゅうございます」

長政の眉間に、かすかに皺が寄った。

「殿のご器量は、我が兄信長と比べて決して劣るものではございません。その才は織田家のためでなく、ご自身のために使っていただきたい。私は、そのように思うております。ですが……」

「何か」

市は手をつき、額を床に擦りつけた。

「茶々と初は、いまだ物心もつかぬ童。あの二人だけは、何卒ご寛恕くださりますよう」

「そなたの存念はわかった。これより、結論を申し伝える」

重々しい口ぶりで言い、長政は一同を見回す。

「織田信長は約定を反故にいたし、我が盟友たる朝倉家に兵を向けた。その根底にあるは、我らへの侮りである。武門にとってこれ以上の屈辱はなく、義兄とはいえ許し難い」

家臣たちはしわぶき一つ立てず、長政をじっと見つめている。

「よって、当家は織田家との盟約を破棄し、義によって朝倉に味方いたす。異のある者は直ちにこの城を出、織田方へ奔るがよい」

立ち去る者が誰一人いないのを確かめ、長政は立ち上がった。

「これより、全軍をもって越前敦賀へ出陣いたす。狙うは織田弾正忠信長が首、ただ一つ！」

五

越前から引き上げてきた浅井の将兵が放つ気には、どこか重苦しいものがあった。敗北したわけではない。むしろ、信長の越前攻めを頓挫させ、撤退する織田軍にかなりの犠牲を払わせていた。かといって、大勝利を得たわけでもない。最大の目標である信長本人を、討ち漏らしたのだ。

信長が健在である以上、遠からず織田は報復に出る。今後の展開は、浅井にとっては苛酷なものとなるだろう。そのことを末端の兵までもが承知しているからこそ、勝利にもかかわらず浅井軍の空気は重い。

おおよその戦況は、先触れの使者の口から聞いていた。

信長は浅井の離反を知るや自軍を置き去りにし、ほとんど身一つで戦場を離脱したという。そして殿軍(でんぐん)として残されたのは、あの木下藤吉郎だった。

木下隊は巧みな用兵で追撃に移った朝倉、浅井の両軍を翻弄し、多大な犠牲を払いながらも全軍が撤退する時を稼ぎ、自身も逃げ延びている。あの風采の上がらない小男がそれほどの用兵をしたというのが、市には意外だった。

「御方様、殿が戻られました。すぐにこちらへおいでになると」

廊下から菊の声がした。

「わかりました」

長政が出陣してからというもの、市は自身の立場を慮(おもんぱか)り、この御局屋敷を一歩も出ていない。幽閉というわけではないが、自分を取り巻く空気が微妙に変化していることは、ひしひしと感じる。嫁いで以来、はじめて味わう孤独だった。

「すまぬ。義兄上が首、あと一歩のところで獲れなんだ」

兜(かぶと)と胴丸を脱いだ小具足姿のまま、長政は詫びた。

「殿がご無事であっただけでも、よろしゅうございます。信長の首を獲る機会は、またございましょう」

自分が兄の名を呼び捨てにしていることを、口にしてから気づいた。

「よもや、麾下の軍を見捨てて己一人落ち延びるとは、思うてもみなかった」

「己が生き残るためには手段は選ばず、他者は利用するのみ。それが、織田信長という御方なのです」

「だがこれで、浅井は苦境に立つことになる。遠からず、義兄上は大軍をもってこの江北へ押し寄せてまいろう」

「まずは、戦場の汚れを落とされませ。侍女に湯を沸かせておりますゆえ」

長政は頷き、ようやく腰を下ろした。

一つ、確かめなければならない。意を決した時、先に長政が口を開いた。

「離縁はせぬ。そなたはこれからもこの小谷で我が妻として、そして茶々、初、万福丸らの母として生きよ」

「されど……」

「何があろうと、家臣らが何を言ってこようと、決してそなたを死なせはせぬ。よいな？」

頷いた刹那、抱きすくめられた。

汗や埃、硝煙の入り混じった臭い。だが、不快ではなかった。不安、恐怖、孤独。

浅井を見限った兄への怒り。胸の奥にわだかまった様々なものが、ゆっくりと溶けていく。

「遠からず、織田の大軍がこの江北に押し寄せてまいろう。だが、私は勝つ。義兄上、いや、信長を超える男となってみせる」

「殿は、必ずやお勝ちになられます。信長を、討ってくださいませ」

血を分けた兄の死を望むことに、もう呵責はない。市は、長政の厚い胸板に顔を埋めた。

五月、岐阜へ戻った信長を牽制するため、浅井・朝倉軍は美濃垂井方面へ進出した。だが、さしたる戦果は得られず両軍は撤退、朝倉軍も越前へ帰国する。

その直後、美濃・近江国境の長比、刈安尾の両砦が調略によって織田へ寝返った。これを受けた信長は自ら出陣し、六月十九日に長比砦へ入っている。その兵力は、二万にも及んだ。

二十一日、市は小谷城の物見櫓に登り、燃え盛る城下を見下ろしていた。長比から北上してきた織田軍の放った火によって、町は今まさに焼き尽くされようとしている。

小さいが、活気あるいい町だった。市も嫁いで以来、幾度も足を運んでいる。あの炎の中には、見知った商家の主も、通りを駆け回ってはしゃいでいた童たちもいるのかもしれない。

織田軍は城下だけでなく、周辺の村々や周囲の谷の奥にまで分け入り、家々を燃やして回っているという。

「おのれ、信長」

隣に立つ長政が、絞り出すような声で言った。市も、手摺りを握る手に自然と力が籠もる。

だが、城から打って出ては信長の思う壺だった。佐和山や横山といった支城にも守兵を置いているため、小谷に籠もる兵はわずか五千にすぎない。小谷の城は浅井家が三代にわたって築き上げた難攻不落の名城だが、城から出てしまえば、二万の織田軍に包囲され、殲滅(せんめつ)されるのは目に見えている。

「朝倉の援軍がこちらへ向かっている。今は、耐える他ない」

自身に言い聞かすように、長政は呟いた。

翌朝、織田軍は潮が引くように小谷城下から撤収していった。物見の報せでは、南東の支城・横山城へ向かっているという。そこで三河から馳せ参じた徳川家康の軍五千を加え、敵は二万五千に達した。

横山城が落ちるのを座視すれば、長政は配下の国人衆からの信頼を失い、寝返る者が相次ぐ。だが、救援に向かえば待ち構えた織田軍との決戦を強要される。それが、信長の狙いだろう。

信長は横山城を包囲したものの、力攻めは避け、長政が救援に出てくるのを待っていた。二十四日には朝倉景健（かげたけ）率いる一万が来援、小谷南東の大依山（おおよりやま）に布陣する。

「我らも朝倉軍と合流し、織田・徳川に決戦を挑む」

翌二十五日の夜、軍議から戻った長政が言った。

「しかし殿、お味方は朝倉軍を加えても一万五千。正面から挑んで勝利を得るのは難しいのでは」

「案ずるな、戦は兵の数でするものではない。これでも私は、倍する六角軍を破り、江北の麒麟児とも称された武人ぞ」

市を安堵させるように、長政は笑みを浮かべる。

「さようにございますね。出すぎたことを申し上げました」

「必ず、勝って戻る。留守を頼むぞ」

翌朝、長政は五千の全軍を率いて小谷を出陣し、大依山の朝倉軍に合流、横山城救援に向かう構えを見せた。

だが不可解なことに、二十七日の日没に至っても、味方が動いたという報せは届かなかった。自ら出陣しながら、長政はなぜ軍を進めないのか。信長も当然、長政の動きは摑んでいるだろう。信長も市と同じように、長政の意図を測りかねているかもしれない。

市は、小谷周辺の絵図を用意させ、床に広げた。

横山城を囲む織田・徳川軍は、二万五千。信長の本陣は、横山城北方で城と尾根続きの竜ヶ鼻（たつがはな）に置かれているという。横山と大依山の間には姉川が流れ、浅井・朝倉軍に対する防壁の役割を果たしていた。

もし味方が姉川を渡って信長の本陣を衝こうにも、敵は横山城に抑えの兵を残し、姉川を前に防戦に回るだろう。これを突き崩すのは容易ではないが、やらなければ横山城は落ち、浅井の家は瓦解する。

長政から伝令が届いたのは、二十八日未明のことだった。全軍で大依山を下り、横山城救援に向かうという。

「馬を」

居ても立っても居られず、市は命じた。小谷から横山城までは二里（約八キロメートル）以上あり、物見櫓に登っても戦況は摑めない。せめて、戦況が把握できる場所まで行きたかった。

髪を束ね、男物の袴を着けた。菊が止めるのも聞かず、城を飛び出す。慌てて、数名の兵が護衛に付いてきた。

あたりはまだ暗いが、勝手知ったる土地だ。馬術にも自信はある。市は闇の中、休むことなく馬を飛ばした。

大依山西麓の高台まで駆け上がると、空は白々と明けはじめていた。あたりには、織田軍に家を焼かれた民の姿が多くあった。寝泊まりするための粗末な小屋がいくつも掛けてある。

南の方角に目を凝らす。浅井・朝倉軍一万五千は、すでに姉川北岸に達していた。東の野村に浅井軍五千、西の三田村には朝倉軍一万。だが、対岸に敵の姿はない。

敵のほとんどは北の浅井・朝倉軍に備えるのではなく、横山城を囲んでいた。

ようやく、長政がなぜ二日も動かなかったのか理解できた。こちらに戦意がないと見せかけ、油断した敵が横山城の攻撃に集中するよう仕向けたのだ。敵の諸隊が陣替えをはじめているが、その動揺はここからでもはっきりと見て取れる。

「御方様、あれを！」

護衛の兵が指差した。姉川からほんの十町（約一・一キロメートル）足らずのところにある高台。あれが、信長本陣だった。わずかな後ろ備えがいるだけで、ほぼ遮るものはない。

浅井・朝倉両軍から、法螺貝（ほらがい）の音が響いた。

浅井軍先鋒の旗印は、家中きっての猛将・磯野（いその）員昌（かずまさ）だった。千五百ほどが、水（みず）飛沫（しぶき）を上げながら姉川を駆け渡っていく。敵はまだ陣容が整わず、矢の一本も飛んではこない。

磯野隊が、敵の前衛に突っ込んだ。護衛の者によると、織田家重臣の坂井（さかい）政尚（まさひさ）の隊だった。その後ろには池田（いけだ）恒興（つねおき）隊、木下藤吉郎隊が続いている。

磯野隊を追って、浅井政澄（まさずみ）、阿閉（あつじ）貞征（さだゆき）、新庄（しんじょう）直頼（なおより）の隊が姉川を渡る。その後に続くのが、長政の本隊だった。祈るような思いで、長政の馬印を見つめる。

「おお、さすがは磯野様じゃ！」

護衛が声を上げた。

磯野隊は、見事な用兵で早くも坂井隊を蹴散らし、次の池田隊に襲いかかっている。このまま池田、木下両隊を突き破れば、信長本陣はすぐそこだ。横山城からは織田軍の諸隊が戦場へ向かっているが、混乱し、隊の移動に手間取っている。西方でも、姉川を渡った朝倉軍が、迎撃に立つ徳川軍を数に任せて押しまくっていた。

勝てる。市は確信した。池田・木下隊は崩壊寸前。横山城から駆けつけた他の織田軍にも、別の味方が襲いかかっている。あと一押しで織田軍は総崩れとなり、信長の首も獲れるはずだ。

あの兄が、討たれるのか。そんな言葉がよぎり、市は困惑した。兄のもとで過ごした日々が、脳裏に蘇る。温かい言葉をかけられたことなど一度もなかったが、市のやることに口を出すこともなく、好きなように振る舞わせてくれた。

「浅井の殿様、どうか、どうか倅（せがれ）の仇を……」

戸惑う市の耳に、そんな声が届いた。戦を見物していた、粗末な身なりの老婆だ。

戦で息子を失ったのか、それとも織田軍の焼き討ちで殺されたのか。気づけば、見物の民が浅井・朝倉軍に盛んに声援を送っている。

そうだ。あの男は、市の新たな故郷を焼き払い、多くの民を殺した。そして自分は、とうに織田家の女ではなくなっている。信長は兄ではなく、憎い敵将なのだ。

視線を戦場へ戻すと、不意に磯野隊の前進が止まった。敗走しかけていたはずの池田・木下隊が後退を止め、踏みとどまっている。

「御方様、あれを」

信長本隊だった。竜ヶ鼻の本陣を捨て、敢えて前に進み出ている。その圧力に押されるように、味方の勢いに翳(かげ)りが生じていた。そこへ、信長の馬廻り衆が投入される。

一転して、織田軍が浅井軍を押し返しはじめた。さらに、横山からは続々と織田の新手が駆けつけてくる。戦場の西でも、徳川軍が倍する朝倉軍の横腹を衝き、優勢に転じている。今や、守勢に回っているのは味方の方だった。

「おのれ、信長」

覚えず、そんな言葉が漏れた。心の底から、信長への憎悪が湧き上がってくる。

やがて、朝倉軍は総崩れとなり敗走をはじめた。戦場に残る浅井軍も、方々で狩り立てられ、整然としていた陣容はずたずたに引き裂かれている。

「御方様、もはやこれまで。急ぎ小谷へ戻りましょう」

市はその言葉を無視して、長政の姿を探した。夫の大柄な体軀は、乱戦の中でも目立つ。白馬に乗った長政は、軍配を手に味方を叱咤しているが、敗勢はもはや覆しようがない。ついに退き貝が吹かれ、味方は敗走に移った。

馬に跨り、振り返った。

姉川には夥しい数の骸が浮かび、川面は赤く濁っている。どれほどの味方が討たれたのかは、想像もつかない。

市は、長政が無事に戻ることだけを念じ、馬腹を蹴った。

六

日が落ちても繰り返される鬨の声に、二十日ほど前に生まれたばかりの江が、また泣き出した。茶々と初も、城内の物々しさに怯えた表情を見せている。

「母上」

小袖を握りしめる娘たちに、市は微笑(ほほえ)みかけた。

「恐がることはありません。ああして大勢で喚き立てるのは、弱い者たちのすることなのですから」

天正元年八月二十七日、小谷城はついに最後の時を迎えようとしていた。城を囲む織田軍は、三万をはるかに超えているという。対する味方は、投降や脱走が相次ぎ、千人いるかどうかも怪しかった。

姉川での敗戦から三年余。あれから信長は幾度となく江北に攻め寄せたが、朝倉の来援や他の反織田勢力の策動で、その都度撤退を余儀なくされていた。長政も守勢に回るばかりでなく、一度は朝倉軍とともに京近郊まで軍を進め、信長を窮地に追い込んだこともある。

将軍義昭はあれから間もなく信長と決裂し、反織田勢力を糾合して包囲網を築き上げていた。浅井、朝倉、六角、三好、本願寺に武田。四面楚歌に陥った信長は、まさに生きた心地がしなかったことだろう。

だが、頼みの綱であった武田信玄(しんげん)は上洛戦を開始したものの、三河まで攻め入ったところで撤退する。重病とも、すでに死去したとも伝えられるが、真相は定かではない。

武田軍の脱落により情勢は一変し、信長は逆襲に転じる。七月には京で挙兵した足利義昭を降伏させて追放し、八月には怒濤の勢いで越前に攻め入った。一乗谷は陥落し、朝倉義景も自害して果てたという。そして越前から兵を返した信長は、小谷から目と鼻の先にある虎御前山に本陣を据えている。

攻撃がはじまったのは、二十七日払暁だった。木下藤吉郎の隊が急斜面を駆け上がり、本丸と北にある京極丸を分断したのだ。京極丸の守備を受け持つ久政は、戦下手の愚将という汚名を雪ぐかのように奮戦し、夕刻まで持ちこたえる。しかし、兵力の差はいかんともし難く、力尽き、自害して果てたという。

「お見事にござった」

父の最期を聞いた長政の呟きは、どこか誇らしげに聞こえた。

恐らく、明日の夜明けには総攻めがはじまるだろう。

長政はすでに、万福丸に数名の家臣を付けて城外へ落ち延びさせている。だが市は、脱出を勧められても断固として拒否していた。

女の足、しかも娘三人を連れていては、逃れられるはずもない。不憫だが、娘たちを助けられないのなら、最期の瞬間まで長政と共にありたかった。

自分が長政に、織田からの離反を説かなければ。金ヶ崎で、あるいは姉川で、信長を討てていれば。悔やまれることはいくらでもある。だが、すべては過ぎ去ったことだ。勝敗は武門の常。悔いたところで、時は戻らない。

「殿がお見えにございます」

菊の声がした。ややあって、襖が開く。

「そなたは」

長政は、一人の武士を伴っていた。

「お市様、お懐かしゅうございます」

木下藤吉郎。会うのは九年ぶりで、今や織田家の重臣に名を連ねてはいても、その貧相な容貌はまるで変わらない。

「木下殿は、織田からの軍使としておいでになられた。城を開き降伏いたせば、将兵らの命は取らぬとの由であった」

「浅井様には、見事に断られてしまいましたが」

　おどけた調子で言う藤吉郎に、長政は微笑を浮かべる。

「ここまで戦って降るは、死んでいった者らに申し訳が立たぬゆえな。して、木下殿の用向きはいま一つある」

　長政がここへ伴ったことを考えれば、いかなる用向きかはすぐに理解できた。

「我が主は、お市様と姫君を生きて救い出すよう、それがしに厳命いたしました。お市様にも姫君方にも、危害を加える考えは毛頭無いとの由」

　言うや、藤吉郎は平伏し、頭を下げた。

「お市様。どうか、城をお出になられませ。この木下藤吉郎秀吉、伏してお願い奉ります る」

「兄上は、浅井との約定を反故にし、朝倉を攻めた。その御方の言葉を信じよと？」

「ご心配は無用にございます。この木下藤吉郎秀吉、身命を賭してお市様と姫君をお守りいたす所存にて」

　束の間、市は長政と視線を交わす。長政は小さく頷いた。言葉などなくとも、言わんとすることは手に取るようにわかる。

市は藤吉郎に向き直り、告げた。

「わかりました。城を出ます」

「ははっ。ありがたき仰せ」

夫を残し、子らと城を出る。不孝だ、冷淡だと詰る者もいるかもしれない。だが、子らの命を繋ぐことができるのなら、誰に責められようとも構わない。

娘たちだけを城から出すこともまた、できなかった。乳飲み子を残して、自分だけが死ぬわけにはいかない。我が子のためなら、悪鬼と罵られても生きる道を選ぶ。それが母というものだ。

「もしも娘たちに何かあった場合、私は自害いたし、そなたと兄上を永遠に呪い続け、鬼となって織田家を滅ぼすでしょう。そのことを、肝に銘じられませ」

藤吉郎は一瞬顔を強張らせ、再び叩頭した。

「木下殿。しばし、外していただけますか」

「では、廊下にてお待ちいたしまする」

藤吉郎が出ていくと、長政と向き合った。

「よくぞ申した。断れば、力ずくでも追い出すつもりであったのだが」

「殿の、妻にございますゆえ」

しばし見つめ合い、小さく笑い合った。

戦の只中にもかかわらず、気持ちは春の湖水のように落ち着いている。この瞬間にずっと身を浸していたいと、市は思った。

「一つ、望みを言ってもよいか」

「何なりと」

「来世にても、また、そなたを妻としたい」

市は深く、ゆっくりと頷いた。

娘たちを連れて陣幕の内に入ると、左右には織田家の将たちが居並んでいた。柴田勝家、丹羽長秀、佐久間信盛、木下藤吉郎。見知った顔はいくつかあるが、半数以上は記憶にない。それだけ、織田家は大きくなったということだろう。

市は、正面の床几に腰を下ろす信長を見据えた。

懐かしさも感慨も、湧きはしない。兄だという思いすら、すでにない。約定を破り、市の新たな故郷を焼き払い、そして長政を殺すであろう、憎き敵将だった。

こちらから口を開くつもりはなかった。虎御前山の織田本陣に、重い沈黙が流れる。

「明日、浅井は滅ぶ」

以前と変わらぬ甲高い声で、信長が沈黙を破った。

「降った浅井の将から、織田からの離反を説いたはそなたであったと聞いた。まことか」

初耳だったのか、家臣たちがざわつく。構わず、市は答えた。

「まことであったとしたら、いかがなさいます。この首を刎ねますか?」

「殺しはせぬ。そなたを斬ったとて、得るものは何もない」

「では、お答えいたします。織田からの離反を説いたは事実。兄上はいずれ、浅井を滅ぼすつもりであろうと考えましたゆえ。されど、決断を下したは、我が夫にございます」

「決めたのは長政ゆえ、自身に責は無いと?」

「いいえ。夫は、女人の意見に左右されるような男ではないと申し上げております」

「であろうな。そなたが惚れるほどの男だ。だが、浅井は滅び、わしは勝った。ただそれだけのことよ」

「確かに、兄上は将として、大名家の当主として、夫を上回っておりましょう。しかし人としては、兄上は浅井備前守長政に、遠く及びませぬ」

束の間、張り詰めた気が流れた。信長の視線に、殺気が籠もる。だが、殺気はすぐに消え、信長は鼻を鳴らして笑った。

「わしは人であることなど、とうにやめておる」

犬でも追い払うように、信長が手を振る。

「もうよい。下がれ」

信長の近習に促され、市は本陣を出た。

九月一日、夜明けからはじまった総攻めは熾烈を極めた。その様子は、市が宿所として宛がわれた陣屋の窓からもはっきりと見ることができる。

本丸に残った兵は、五百にも満たないだろう。それでも幾度となく押し寄せる織田兵は、その都度押し返されている。

だが、それも午の刻（正午）を過ぎたあたりまでだった。本丸に続々と織田兵が雪崩れ込み、やがて喊声は途切れた。しばしの静寂の後、数万の鬨の声が上がる。

市は手を合わせ瞑目すると、娘たちに向き直った。

「たった今、父上が逝かれました」

茶々も初も、怪訝そうに小首を傾げている。二人とも幼すぎて、死というものがわからないのだろう。江は、安らかな寝息を立てて眠っている。

「父上を討ったのは我が兄、織田弾正忠信長です。彼の者はいずれ日ノ本全土を併呑し、天下を一つとするやもしれません。そしてそなたたちの父上は、その野心の犠牲となりました」

娘たちの顔を見回す。母の気持ちが伝わったのか、茶々と初は神妙な表情で市を見つめている。

「そなたたちもいずれ、嫁に行くことになるでしょう。その時は、強き男を選ぶのです。そして」

自分は愛しい娘たちに、呪いをかけようとしている。頭では理解していても、口を閉ざすことはできない。

「夫となる強き男に、信長を討たせなさい。織田家を滅ぼし、子を産み、浅井の血を引く者を天下人とするのです。よいですね？」

「はい！」

茶々と初が幼い声を揃え、淀（よど）みのない瞳でじっと市を見つめる。

市は胸の痛みに耐えきれず、そっと目を逸らした。

第三章　弥陀と魔王

一

元亀元年九月十三日、下間豊前守頼旦は奇跡を見た。

『厭離穢土　欣求浄土』『進者往生極楽　退者無間地獄』。そうした文言を大書した旗を押し立て、味方は小舟を呑み込む大波のごとく、敵の軍勢を押し包んでいく。

桶狭間で今川義元の大軍を屠り、上洛して瞬く間に畿内近国を制し、この六月には姉川で浅井・朝倉連合軍を打ち破った織田信長。その信長が率いる四万とも五万とも号する大軍を、味方は方々で打ち破り、追い立てている。

「これが奇跡でなくして、何と言うのだ」

摂津大坂本願寺の物見櫓から戦場を見つめ、頼旦は熱にうかされたように呟いた。

海から吹き付ける風は冷たいが、寒さなど微塵も感じない。

ろくな武器も持たず、ほとんどの者が鎧兜も着けていない門徒たちは、口々に南無阿弥陀仏の六字名号を唱えながら、織田の陣を突き崩していく。

「やはり、弥陀は我らの味方をしてくださる。見よ、織田の侍どもの狼狽ぶりを」

織田の大軍がこの本願寺から目と鼻の先にある野田・福島砦を囲んだのは、二十日ほど前のことだった。砦には、織田家と敵対する三好三人衆の軍が籠もっている。

本願寺の坊官として、法主顕如上人の補佐を務める頼旦にも、信長の目論みははっきりと見えていた。彼の者は三好を討ち平らげた後、この本願寺に矛を向けてくる。金城湯池たる大坂の地を信長が欲しているという噂は、本願寺にいる者なら誰もが聞き知っていた。

織田軍五万に対し、三好軍はわずか八千。これまで戦とは無縁だった頼旦の目から見ても、砦の陥落は時間の問題だった。

この危機に対し、本願寺は浄土真宗の法灯を守るべく決断する。近隣の門徒に檄を飛ばし、仏敵信長の打倒を呼びかけたのだ。

九月十二日深夜、広大な大坂寺内町の方々で早鐘が打ち鳴らされ、門徒勢二万が出撃した。門徒勢は三好軍と共闘し、野田・福島砦を囲む織田軍に襲いかかる。こちらの動きを予期していなかったのか、織田軍は劣勢に立ち、夜が明けた今も防戦一方となっていた。

装備では劣るものの、門徒たちの士気はそれを補って余りあるほど高い。何となれば、仏敵信長との戦に加われば、たとえ命を落としたとしても、極楽往生が約束される。今まさに戦場で戦う門徒たちの胸にあるのは、恐怖でも憎しみでもない。極楽へ行けるという喜びと、弥陀への尽きることのない想いだ。

戦いは正午過ぎまで続き、門徒たちは大坂へ引き上げてきた。

信長の本陣こそ崩せなかったものの、織田軍の出した死傷者はかなりのものになるだろう。何より、全国に門徒百万とも言われる本願寺が、織田家の敵に回ったという事実を示したのだ。最初から本願寺と敵対するつもりだった信長はともかく、配下の者には絶大な恐怖を与えたはずだ。

顕如の居室に呼ばれたのは、その日の夜のことだった。

百万の門徒を抱え、畿内の要衝・巨城と見紛うほどの大伽藍を構え、武力・財力ともに諸国の大名を圧倒する本願寺。その頂点たる浄土真宗本願寺派・第十一世門主が、二十八歳になる顕如光佐(こうさ)だった。

「呼び立ててすまぬ。この半月ほどの間、多くのことがあった。そなたも疲れておろう」

清らかな鈴の音を思わせる声で、顕如が言った。畏れ多さに、頼旦は思わず平伏する。

「もったいなきお言葉」

頼旦は顕如より一回りも年長だが、向き合うといまだに声が震える。戦乱に明け暮れるこの穢(けが)れた世で、この御方こそが最も弥陀の近くにおられる。頼旦にとって顕如の言葉は、弥陀の言葉そのものに等しい。

「そなたに一つ、頼みたきことがある」

「何なりと」

「そなたの信心の篤さは、私もよく知っている。そのそなたを見込んで頼みたい。法灯の命運を左右する、重大な役目だ」

歓喜が全身を貫いた。顕如が、この自分を頼りにしている。

「ただ、お命じになられませ。この頼旦、いかなる困難な役目であろうと、この身を門主様に捧げる覚悟にございます」

滲む視界の中で顕如が微笑み、言った。

「では命ずる。明日、石山を発ち伊勢長島へ向かえ。仏敵信長を討つため、彼の地の門徒を指揮せよ」

二

「ようやく着いたな」

一月近くの船旅の末、ようやく長島の地に立った頼旦は、感慨とともに呟いた。頼旦に従う二十名ほどの坊官や従者たちも、ほっと胸を撫で下ろしている。

この間に、顕如の要請を受けた近江の浅井長政、越前の朝倉義景が兵を発して湖西街道を南下、織田軍を破って京近郊の山科まで進出していた。京の失陥を危惧した信長は、摂津から撤退して帰京、比叡山延暦寺に陣取った浅井・朝倉連合軍と対峙している。

また、三好一族の本拠・阿波から二万の軍が来援し、野田・福島砦に入っている。さらに南近江でも、かつて信長に敗れた六角承禎が蜂起した。信長はまさに、四面楚歌に陥っている。

「しかし、聞きしに勝る栄えぶりにございますな」

言ったのは、同じく本願寺から派遣された坊官の下間頼成だ。頼旦とは同族だが、下間一族はあまりに多く枝分かれしているため、血縁関係は薄い。まだ若いが実務に優れた文官で、仕事ぶりは信頼できる。

「まこと、この地に目を向けられた門主様のご慧眼よ」

頼旦も話には聞いていたが、長島がここまで栄えた土地とは思わなかった。

湊には大小無数の船が停泊し、荷を揚げ下ろしする人足たちの声が飛び交っている。大坂や京、堺ほどではないが、これほど豊かな町は、畿内にもそうあるまい。

長島は伊勢湾に面した海上交通の要衝であり、物流が盛んで富裕な商人が多い。軍事的にも、揖斐川、木曽川、長良川が流れ込み、無数の砂州が入り組んだ地形は攻めるに難く、守るに易い。そして何より、織田家の本拠である尾張は目と鼻の先だった。

迎えの僧たちに促され、願証寺へと向かった。

「この地には、領主がおらぬと聞いたが」

町の賑わいを眺めながら、頼旦は訊ねた。

「はい。元々は草に覆われた砂州に人が住み着いた土地ゆえ、この地は誰のものでもございませぬ。周辺の大名がこの地を版図に加えようと手を伸ばしてきたこともありますが、その都度、願証寺のもとで一丸となり、武家の支配を拒んでまいりました」

長島とその周辺には数十の寺と道場があり、町の政（まつりごと）は富裕な商人や地侍の寄り合いで行われているという。

豊富な財力を持ち、人の数も多い。そしてそのほとんどが、真宗に帰依している。

なるほど、信長と戦う拠点にはうってつけの場所だった。

伊勢長島願証寺は、八世門主蓮如（れんにょ）の子・蓮淳（れんじゅん）が創建した末寺で、本願寺の伊勢における重要な拠点である。住持は、御一家衆と呼ばれる蓮如の子孫の証意（しょうい）が務めていた。

「まずは、近隣の道場主たちを集めていただきたい」

証意に対面するなり、頼旦は言った。

本願寺は本山たる大坂を頂点とし、各地に置かれた末寺がその周辺のいくつもの道場を束ねることで、末端の門徒たちまでを掌握している。門徒たちを戦に向かわせるには、まずは道場主たちを説く必要があった。

信長は摂津からは引き上げたものの、戦が終わったわけではない。一刻たりとも無駄にできる時はなかった。

「本願寺のご門主様よりこの地へ派遣された、下間三位法橋頼旦である。以後、よしなに頼む」

集まった数十人の道場主を前に、頼旦は声を張り上げた。

大坂を発つ際、頼旦は顕如の命で、それまでの豊前守から三位法橋へと官途を改めている。上位の僧侶にしか許されない名誉ある官途だった。

「我ら浄土真宗の教えは今、かつてない危機に瀕しておる」

情勢はある程度、道場主たちも把握しているのだろう。熱の籠もった視線が頼旦へ向けられた。

「信長は上洛の折、本願寺に対し五千貫もの矢銭（軍資金）を要求したことは聞き知っておろう。この無体な要求に対し顕如様は、無駄な争いを避けるべくこれに応じた。にもかかわらず、信長は大坂へと矛を向けてきたのだ」

「おのれ、横暴な」

「信長、許すまじ」

道場主たちが口々に声を上げる。一同をゆっくりと見回すと、その声はやんだ。

「方々には、仏敵信長を討つため立ち上がっていただきたい。この長島の地で一揆を起こし、仏法討滅を目論む信長に天誅を加えてやろうではないか」

一人の老人が手を挙げた。

「一つよろしいか、御坊様」

「申されよ」

「御教えでは、念仏さえ唱えれば悪人でさえも往生できると説いておりまする。我らは日々念仏を唱え、御本山の求めに応じて多額の喜捨も行ってまいりました。この上さらに、長島の民百姓を戦に差し出せと仰せにございますか」

その問いに、頼旦は啞然とした。

この老人は、何を言っているのか。御教えが苦難の時を迎えているというのに、仮の住み処にすぎない現世の暮らしを慮れと言うのか。

かっと頭に血が昇りかけるが、何とか堪えた。民百姓は、物を知らない童のようなものなのだ。咳払いを一つ入れ、諭すような声音で答える。

「我ら僧侶の役目は、仏法を広め、後の世にまで護り伝えていくことにある。ゆえに王法、すなわち幕府や大名といった現世の権力争いに関わることは極力避けてまいった。しかし、これ以上信長をのさばらせては、我らが法灯は消え、極楽浄土への道は閉ざされることとなろう。さすれば、ここにいる我らは元より、子々孫々にいたるまで、死したる後は無間地獄にて永劫に苦しむこととなるのだ」

一度言葉を切り、恐怖に息を呑む一同を再び見回した。あの老人も、口を噤んでいる。頼旦は声の調子を高めて続けた。

「拙僧には聴こえるのだ。先の織田との戦で死んでいった御門徒衆の死を嘆き悲しみ、同時に称える弥陀の声が。仏敵信長を討てという御下知が。この弥陀の御声に応えずして、何が門徒か。何が極楽往生か！」

喋るうちに感情が高まり、目の奥から熱いものが込み上げてきた。

そうだ。弥陀は悲しんでおられる。戦や飢えの絶えないこの穢土で、御自身に縋る門徒たちの苦難に。弥陀の光を信じず、本願寺を滅ぼそうと目論む信長のような存在があることに。

食い入るように頼旦を見つめる一同に向かい、言葉を放つ。

「事態はもはや、信長を滅ぼすか、仏法が滅ぶかというところにまで来ておる。方々、起つべきは今じゃ。仏敵信長を討ち、法灯をお護りいたすのだ。進めば極楽、退けば地獄ぞ！」

地鳴りのような喚声が上がった。信長との戦に異を唱える者はいない。やはり、誠意を籠めて粘り強く説けば、無知蒙昧な百姓であっても弥陀の御心を理解できるのだ。

「方々、共に戦おうぞ。弥陀の光のもと、天魔信長を討ち果たそうではないか」

流れ落ちる涙を拭いもせず、頼旦は幾度となく繰り返した。

弥陀の存在をはじめて間近に感じた時のことは、今もはっきりと覚えている。

あれは、頼旦が十歳の時だった。学問漬けの毎日に嫌気が差し、屋敷を飛び出して大坂の寺内町を一人歩いているところを、賊にさらわれたのだ。

賊は三人。頼旦は縛り上げられ、町外れのあばら屋に転がされた。

広大な寺内町には、食い詰めた牢人者が流れ込むことも多い。賊は頼旦が下間家の者と見て、身代を得ようとしたのだろう。

下間家は元々武家だが、本願寺創建以来の門徒で、今では寺務の大半から軍事にいたるまでを取り仕切っている。

だが、いくつにも分かれた家系の中で、頼旦の家柄は決して高いとは言えない。賊の求める多額の身代を払えるとは思えなかった。加えて、自分は屋敷を飛び出してきた身だ。出来の悪い息子を父が見捨てたとしてもおかしくはない。

自分はここで死ぬのか。思い至った刹那、とてつもない恐怖が体を捉えた。体に食い込む縄の痛み。喉元に突きつけられた刃の冷たさ。全身が竦み、声を上げることさえかなわない。

頭に浮かんだのは、南無阿弥陀仏の六字名号だった。それで何かが変わると思ったわけではない。だが、何かで気を逸らさなければ、恐怖で気が狂いそうだった。目を閉じ、無心になってただひたすら念仏を唱え続ける。

気づくと、頼旦は見知らぬ場所にいた。色とりどりの花が咲き乱れ、近くに小さな川が見える。そこを流れる水は見たこともないほど清らかで、水音は涼やかだった。日射しは穏やかで、時折吹く風が心地よく肌を撫でる。

自分は死んだのだろうか。だが、そんなことさえも些末なことに思えた。時の流れる感覚も、自分が自分であるという思いすらも曖昧になっている。感じていたはずの空腹も、嘘のように消えていた。

そうか、ここが極楽か。頼旦は自然と理解した。念仏を唱えれば極楽往生できるという教えは、やはり本当だったのだ。

やがて、声が聴こえた。

そなたはまだ、死ぬことを許されてはいない。より多くの衆生に教えを広め、仏敵から法灯を守れ。それが、そなたの役目ぞ。

これが弥陀の御声なのか。感動に打ち震えた次の刹那、頼旦は現実に引き戻された。

しっかりしろ。目を覚ませ。誰かがそう叫びながら、頼旦の体を揺すっている。目を開くと、周囲には具足に身を固めた知らない男たちがいた。そしてあばら屋の床には、自分をさらった賊たちの骸（むくろ）が転がっている。

助かったのは、まさに奇跡だった。頼旦が連れ去られるのを目撃した町人が番所へ駆け込み、町の治安や防備を受け持つ番衆が、すぐに頼旦救出に動いたのだという。深夜、あばら屋を急襲した番衆によって賊は全員討ち果たされ、頼旦は無傷で救い出された。

自分は生かされたのだと、頼旦は思った。教えを広め、守るため、弥陀は自分を救ってくださったのだ。

あの日以来、頼旦はただひたすら、弥陀の御為(おんため)に生きてきた。この身が弥陀に守られていることを、微塵も疑ったことはない。そしてついに、仏敵と戦う時が来た。神仏を敬い、畏れることを知らない信長に、弥陀の御力を教えてやるのだ。

三

十一月二十一日、頼旦の率いる長島門徒は尾張の小木江(こきえ)城を攻め落とし、城将を務める信長の弟・信興(のぶおき)を討ち取る大勝利を得た。

集まった門徒兵は二万余。北伊勢の地侍たちの多くもこれに呼応している。そして四方を敵に囲まれた信長は、弟の城を攻められても援軍を送ることさえできなかった。

あと一押しで、信長を討てる。頼旦が確信した直後、信長と本願寺、浅井、朝倉が和睦したという報せが届いた。窮地に陥った信長は朝廷を動かし、和議を仲介させたのだ。比叡山に拠った浅井・朝倉も兵糧が尽きかけていたため、和睦に応じざるを得なかったという。

「帝を利用して窮地を脱しようとは、見下げ果てた奴輩よ」

できることなら、このまま信長の本拠である尾張・美濃まで攻め入りたい。だが顕如が和睦に応じた以上、勝手な真似はできなかった。

「戦は終わったわけではない。この和議は所詮、仮初のものにすぎぬ。信長は遠からず、長島に兵を進めてまいろう。それまでに、この地を難攻不落の城砦といたすのだ」

どこか安堵したような表情を浮かべる門徒衆に向け、頼旦は檄を飛ばした。

翌元亀二年五月、近江で浅井と織田の軍勢がぶつかり、頼旦の読み通り和睦は反故にされた。

そして同じ月、信長が長島を攻めるため、岐阜に大軍を集めているという報せが入る。集結した軍は、五万にも上るということだった。

「ついに来たか」

信長自ら出陣したとの報を受け、頼旦はほくそ笑む。

備えにぬかりはない。この半年余の間に、本城である長島の周囲には昨年に奪った小木江城の他、大鳥居、屋長島、中江、市江島といった砦を築いていた。

これらの城砦は互いに川で遮られているため、よほどの大軍でも攻め難い。だが、地理に明るく無数の小舟を持つこちらは、砦間の往来も容易だ。すでに各城砦には兵糧と玉薬も蓄え、守兵も配している。あとは、信長が攻め寄せてくるのを待つだけだ。

五月十二日、長島から揖斐川を挟んで西側の大鳥居に、夥しい数の旗指物が翻っていた。

美濃から南下してきた、織田軍の先鋒である。尾張側の津島にも、すでに敵の大軍が現れたとの情報が入っていた。

大鳥居砦の周辺には、黒々とした煙が幾筋も上がっている。敵が、村々に火を放っているのだ。

「おのれ、天魔め。すぐに目に物見せてくれよう」

慣れない具足に身を固め、小舟で物見に出た頼旦は、苦々しく吐き棄てた。村人を砦に追い込み、兵糧を消費させようという魂胆だろう。

「大島殿。大島居の砦を囲む織田勢はいかほどか」

頼旦は、隣に立つ長身の武者に訊ねた。

大島新左衛門親崇。阿波三好家の一族で、戦場で幾度となく織田軍と渡り合った剛の者だ。熱心な門徒で、この戦には自ら志願して参陣している。頼旦は戦場経験の豊富な親崇を、軍師格として遇していた。

「さて、ここから見る限り、一万は超えておるかと」

「敵は総勢で五万と聞くが、よもや備えが破られることはあるまいな」

どれほど弥陀の加護を信じていても、戦はやはり水物だ。ともすれば、不安が込み上げてくる。

「ご安堵めされよ。織田は船が少なく、対岸の砦をいくつか落としたとしても、長島本城へ攻め込むことはできますまい。加えて、五万もの軍勢は、そう長く維持できるものではござらぬ。此度は大軍を見せつけ、こちらの意気を挫くのが狙いかと」

「こちらの策が気づかれることは？」

「まあ、心配ありますまい。彼の者たちは山に慣れております。しかと役目を果たしてくれましょう」

「よし。では、そろそろ引き上げるとしよう」

その後も、敵は各城砦を遠巻きにして矢玉を射ちかけるだけで、力攻めに出ることはなかった。

親祟の言葉通り、敵は十六日になると早くも撤退をはじめた。

報せを受けると、頼旦は全軍に追撃を命じた。早鐘が打ち鳴らされ、門徒たちが慌ただしく動き出す。空を厚く覆った雲からは、大粒の雨が降りはじめていた。

「火縄を油紙で覆え。火縄が濡れては鉄砲が使えんぞ」

「わしらの村を焼いた憎き敵じゃ。一人も生きて帰すな」

家や田畑を焼かれた門徒の怒りは、頂点に達している。篠つく雨の中、引き絞った弓から放たれる矢のように、味方は勢いよく飛び出していった。

頼旦も親祟と共に舟に乗り、揖斐川を遡った。先行する無数の舟から織田軍に向け、矢玉が放たれる。

敵は揖斐川沿いの街道を北へ向かって進んでいる。その前方左手の山から夥しい銃声が響き、続けて喊声がどっと上がった。山中に潜んでいた味方だ。
伏兵の主力は、鉄砲の扱いと剽悍(ひょうかん)さで知られる紀伊の雑賀衆(さいかしゅう)だった。織田軍はたちまち浮足立ち、算を乱して敗走をはじめる。

「見たか信長。これが弥陀に弓引いた報いぞ！」

門徒たちは岸に舟をつけて上陸し、混乱する織田軍に次々と斬り込んでいった。武器も鎧も粗末だが、念仏を唱えながら襲いかかる門徒たちに敵は恐怖し、ろくな抵抗もできないまま討ち取られていく。

凄まじい数の死が、そこにはあった。

だが、そのほとんどは天魔信長の眷属(けんぞく)だ。仏敵の家来がどれほど死のうと、胸が痛むことなどない。それどころか、抑えきれない喜びが込み上げてくる。あの者たちを地獄へと叩き落とす崇高な役目を、自分は弥陀に与えられているのだ。

殺せ。殺せ。殺せ。頼旦は船縁から身を乗り出し、我知らず呟いていた。

弥陀の光を信じぬ者たちに、命をもってその愚かさを贖(あがな)わせてやるのだ。

織田家の重臣・氏家卜全(うじいえぼくぜん)を討ち、柴田(しばた)勝家(かついえ)を負傷させるという大戦果だった。他にも、名のある将を幾人も討ち取り、倒した足軽雑兵は数えきれない。

だがそれからわずか四月後、信長は信じ難い挙に出た。

九月、岐阜を出陣した信長は、近江へ入り浅井長政の小谷(おだに)城を攻めたが、すぐに切り上げてさらに西へ進んだ。そして琵琶湖西岸の坂本に陣を置くと、比叡山延暦寺へ攻め込んだのだ。

織田軍は聖地比叡山の伽藍を焼き払い、老若男女の別を問わず、二千人余を撫で斬りにしたという。まさに、神仏を畏れぬ暴挙だった。

「何という外道じゃ」

天台宗の総本山である延暦寺と本願寺は、かつて激しく争ったことがある。八世門主・蓮如は延暦寺から執拗に命を狙われ、合戦に及んだことさえあったのだ。だが、信じる教えは違っても、御仏に仕えるという点は同じだった。本願寺にとって、他人事(ひとごと)ではない。

どれほど歴史があり、多くの信仰を集める存在であろうと、信長の前に立ちはだかれば焼き払われ、撫で斬りにされる。それを、あの男は天下に示したのだ。

やはり、本願寺の教えが根絶やしにされるか、それとも織田家を滅ぼすか。この戦は、そのいずれかでしか終わることはないのだ。

延暦寺の焼き討ち後も、信長と本願寺・浅井・朝倉の戦いは続いていた。信長は北近江に繰り返し出兵し、浅井領を徐々に蚕食しているが、織田軍と反織田陣営との間に決定的な勝敗はなく、情勢は小康状態といったところだった。

元亀三年冬、この膠着は甲斐の武田信玄によって破られた。

上洛軍を起こした信玄は遠江三方ヶ原で徳川家康軍を一蹴し、三河へと兵を進める。これに呼応し、かねてから信長と対立していた将軍足利義昭もついに京の二条城で兵を挙げた。

信玄が尾張・美濃へ攻め入り、顕如が大坂から京へ進出して義昭と合流する。さらに、北からは浅井・朝倉が襲いかかる。それで、織田家の命脈は絶たれるはずだった。

だが翌年になると、なぜか武田軍の侵攻が止まった。

三河野田城を囲んだきり、信玄はまるで動こうとせず、四月には甲斐へ撤退していく。

重病、あるいはすでに病死したという噂も流れているが、武田の上洛が無くなったことだけは確かだった。この間に京へ攻め入った信長は上京を焼き払い、義昭に和睦を呑ませている。

それからわずか三月後、義昭は山城槇島城に籠もって再び兵を挙げたが、瞬く間に上洛した信長に城を落とされ、ついに降伏へと追い込まれる。

「馬鹿な」

頼旦は呻いた。武田の撤退さえなければ今頃、信長の首は胴から離れていたはずだ。天はなぜ、仏敵を助けるような真似をするのか。

頼旦の胸に、かすかな恐怖が生じた。天は、本願寺ではなく信長に、勝利を与えようとしているのではないか。だとすれば、首が胴から離れるのは自分の方ではないのか。

いや、弥陀を疑ってはならない。今回はたまたま、信長に運があっただけだ。そう己に言い聞かせても、一度芽生えた恐怖は、袈裟に付いた染みのように拭い去ることができない。

義昭を降伏させ、武田軍が完全に撤退したことを確かめた信長は、矛を越前へ向け、八月末には朝倉の本拠一乗谷を攻め落とした。逃れた朝倉義景は、家臣の裏切りに遭い自害して果てたという。

さらに、信長は返す刀で小谷を攻め、浅井長政までも自刃に追い込んだ。浅井・朝倉の滅亡により北近江と越前は織田家の版図となり、信長にとっての北の脅威は消えた。

それから間もない九月二十四日、織田の大軍が再び北伊勢に襲来した。まったくの不意打ちだった。小谷が陥落し浅井長政が自刃したのは九月一日、信長が岐阜に帰還したのは六日のことだ。それからたった二十日も経ないうちに攻め寄せてくるとは、長島の誰も予想していなかった。

敵の陣容には信長以下、柴田勝家、佐久間(さくま)信盛(のぶもり)、丹羽(にわ)長秀(ながひで)、羽柴秀吉(はしばひでよし)といった重臣たちが名を連ねている。兵力は数万。恐らく、五万は下らないだろう。

織田軍は長島の北、桑名に攻め入ると、躊躇なく町を焼き払った。桑名には門徒が多く、長島に参じている者が多数いるのだ。さらに敵はいくつかに分かれ、こちらの城砦に攻めかかる。

いまだ防備の整っていない西別所、坂井の砦が陥落し、籠城していた男女は撫で斬りにされた。

「男女の別なく、年寄りから幼子まで皆殺しとは」

「降ることも許されんのか」

長島本城に籠もる門徒たちに動揺が走った。その顔には一様に、信長に対する恐れが滲んでいる。

頼旦は、己の裡にある恐怖を悟られぬよう、声を張り上げた。

「方々、忘れてはならぬ。無惨にも殺された者たちの恨みを胸に刻み、悲しみを力に変えるのだ。共に念仏いたし、死せる者たちの極楽往生を願おうではないか」

一同は、それぞれに強く頷いた。誰からともなく唱えはじめた念仏の声が、次第に大きくなっていく。

一心に念仏を唱えるうちに、頼旦の胸に巣くう恐怖が薄れ、代わって、安堵に似た心地が広がっていった。弥陀という大いなるものと、己とが一体となる恍惚。弥陀の光に包まれたこの身は、何人たりとも犯すことはかなわない。その思いは、確信へと変わっていく。

案ずることはない。我らには大義が、弥陀のご加護があるのだ。信長の悪運も、じきに尽き果てよう。

この戦は勝てる。恍惚に浸りながら、頼旦は思った。

四

天正二年六月、信長は三度目の長島攻めの号令を発した。

その報せを受け、頼旦は軍議の場で嘯く。

「何度来ても同じことよ。次こそは、信長の首をいただくといたそうか」

昨年九月の侵攻では、織田軍は北伊勢の反織田勢力に与する地侍らを降し、いくつかの城や砦を落としたものの、舟がないため長島を直接攻めることはできず、一月ほどの滞陣の後、引き上げにかかった。頼旦はすかさず追撃を命じ、またしても多くの織田兵を討ち取っている。

「まったく、懲りぬ男よ。これでは、付き合わされる将兵が気の毒というものじゃ」

頼旦の軽口に、門徒の主立った者たちが声を揃えて笑った。

浅井・朝倉が滅び、信玄が没し、将軍義昭は追放された。だが、大坂本願寺はいまだ健在で、武田家も信玄の息子・勝頼が家中をまとめ、三河や美濃を虎視眈々と窺っている。

朝倉が滅んだ後の越前では、本願寺の門徒が蜂起して織田の代官を追い払い、越前一国は加賀と同様に〝一揆持ちの国〟となっている。信長の周囲が敵だらけという状況は、今も変わっていなかった。

「前回、前々回と同じく、信長が長島に軍勢を張りつけられるのはせいぜい一月か二月。その間、しかと守りを固めておけば、我らの勝利は疑いない」

舟のない織田軍に、川を渡って長島本城に攻め入ることはできない。こちらは逆に、網の目のように流れる川を舟で自在に移動し、好きな場所を攻めることができる。

問題は兵糧と玉薬だが、戦となれば紀州方面から舟で運ばれてくる手筈になっているので、心配はなかった。伊勢湾は味方が制しているので、途中で襲われることもないだろう。

七月に入ると、長島攻めに投入される織田軍の陣容がはっきりしてきた。織田領には多くの門徒が間者として潜入しているが、信長は自軍の動向を隠すつもりもないらしい。

東の市江島方面からは、織田一門衆を中心とする尾張・美濃の兵を率いる信長の嫡男・信忠。北西の賀鳥口から柴田勝家、佐久間信盛ら。北からは丹羽長秀らと馬廻り衆を率い、信長自身が攻め入ってくるという。さらに、南からは滝川一益と信長次男の北畠信雄が北上してくるという報せもあった。

敵の総兵力は、七万に及ぶ。味方は、北伊勢の地侍の多くが織田に降ったこともあり、一万余にまで減少している。

「七万か。前回までより、いくらか多いな」

信長が、これほどの兵力を一時に動かすのははじめてのことだった。だが、数が増えれば増えるほど、必要になる兵糧も増える。それだけ、戦場にとどまれる時は短くなるのだ。

織田軍は七月十四日、一斉に北伊勢へ攻め入ってきた。

その日のうちに、賀鳥口に近い松之木の対岸を守る門徒兵が蹴散らされ、小木江の味方も信長本隊とぶつかり敗走した。他にもいくつかの小競り合いがあり、いずれも門徒側が敗退している。織田軍は海老江島、加路戸、前ヶ須といった拠点を焼き払い、じわじわと包囲の輪を狭めてくる。

緒戦で押し込まれるのは想定の内だ。兵力差に油断した敵のさらなる慢心を誘うことにもなる。

残された味方の拠点は、中州にある長島本城と篠橋、揖斐川を隔てた西の陸側にある大鳥居、屋長島、中江。この五つの城砦に立て籠もって敵の攻勢を凌ぎ、敵が引き上げるのを待つ。そして反撃に転じ、撤退中の信長本陣を狙う。それが、大島親崇の立てた策だった。

今度こそ、信長の首を獲る。前回、前々回と、名のある織田家の将を討ち取ることができたのだ。ならば、信長の首に届かないはずはない。数では劣っても、弱兵で知られる織田兵と死を恐れない門徒兵では、戦場での気魄がまるで違う。

城内がざわめき出したのは、翌十五日の早朝だった。

「頼旦様、こちらへ」

親崇に促され長島本城の物見櫓に登った頼旦は、言葉を失った。

巨大な軍船が、南の沖合に遊弋（ゆうよく）している。安宅船（あたけぶね）と呼ばれる、大型の軍船だ。織田木瓜（もっこう）の旗印を掲げるその船は、長島門徒や雑賀衆の舟などとは比べ物にならないほど大きい。

十艘ほどの安宅船の周囲には、中型の関船、小型の小早舟が数十艘見える。織田家が、あれほどの水軍を擁しているはずがない。

「あれは、どこの水軍だ。織田木瓜と並ぶのは、誰の旗か」

「左三つ巴の紋は、志摩の九鬼(くき)水軍の旗印に候。当主は、九鬼嘉隆(よしたか)なる者にて」

志摩の小豪族で、数年前に織田家に降ったという話は聞いていた。だが、わずかな所領しか持たないはずだ。それがどうやって、これほどの大船を建造したというのか。

「銭の力か」

肥沃な濃尾に加え京、堺を手中に収め、さらには近江全土までも版図に加えた織田家の財力。それが、これだけの水軍を作り上げたのだろう。

「おい、味方が攻めかかるぞ！」

櫓の下で、誰かが叫んだ。見ると、門徒の舟が十艘ほど、敵の安宅船に向かっていく。

勝手な真似をするな、呼び戻せ。叫びかけたが、すぐに呑み込んだ。織田水軍の実力を測るにはちょうどいい。

いきなり、海上から轟音が響いた。味方の周囲で無数の水柱が上がり、数艘が転覆した。

「大鉄砲か。何という数じゃ」

隣の親崇が、呻くように言った。射撃はさらに続き、反転しようとする味方の舟を襲う。一人の門徒の体が、直撃を受けて四散するのが、頼旦の目にはっきりと映った。

「あの大きさの船では、川をここまで遡上することはかないますまい。しかし、海への道が閉ざされたことは確か。外からの輸送路が断たれたとなると……」

「念仏を唱えよ。かかる苦難の時こそ、弥陀の御力に縋るのだ」

それから数日で、長島周辺の拠点は織田の大軍に隙間なく囲まれた。

特に攻撃が激しかったのは、大鳥居砦だった。間断なく鉄砲を撃ち込まれ進退窮まった味方は降伏を申し出るものの、信長はこれを拒絶、攻囲を続ける。そして八月二日深夜、砦を捨てて逃れようとした男女千人が撫で斬りにされ、砦は陥落した。

「愚か者め。仏敵に降ろうなどと考えた罰ぞ」

報せを聞いて、頼旦は吐き棄てた。

「方々、降伏などもっての外ぞ」

軍議の席で、頼旦は主立った者たちを見回した。

「大坂の門主様が、我らの窮状を見過ごしになさるはずがない。必ずや援軍を差し向けてくださるはず。それまで、何としても耐えるのだ」

だが、それから十日後には篠橋が陥落し、砦に籠もっていた数千の門徒たちが長島本城へ逃げ込んできた。砦の将は、「長島に移ったら必ず内応する」と織田軍へ告げ、脱出を許されたのだという。

残る拠点は屋長島と中江、そして長島本城のみ。だが、屋長島と中江は厳重な包囲に置かれ、川には織田水軍の舟が行き交っているため満足に連絡も取れない。そして、篠橋の門徒を収容した長島本城では、食糧が不足しはじめていた。端境期とあって、元々米の蓄えはそれほど多くはなかったのだ。

まさか、信長はこうなることを見越して、この時期に攻め寄せてきたのか。篠橋の降伏を認めたのも、食糧の消費を早めるためではないのか。頼旦の脳裏に疑念が生じたが、今さら篠橋の者たちを追い出すというわけにもいかない。

籠城から一月が過ぎた頃、数名の道場主が連れ立って頼旦のもとを訪れた。

「和睦だと？」

「はい、御坊様。ここ長島には、舟を使った商いを営む者が多うございます。しかし、織田との戦がはじまって以来、織田領の湊に立ち寄ることはできず、今では海に出ることすらかないませぬ」

口から出かかった怒声を押し殺し、訊ねた。

「商いができぬゆえに、仏敵に頭を垂れろと申すか」

「御教えの危機を救うべく、これまでは歯を食い縛って耐えてまいりました。しかし、口にする物さえ手に入らぬとなっては、もはや下の者たちを抑えることはできませぬ。ここは何卒、和睦をお考えいただきたく……」

「この愚か者どもが、弥陀の御教えを何と心得る！」

たまりかね、頼旦は怒声を発した。

「信長は、我らの教えを根絶やしにしようとしておるのだ。それを阻止せんと我らは立ち上がり、これまで戦ってまいった。其の方らは、先に死んだ門徒衆に恥ずかしゅうはないのか！」

「しかし、このままでは飢え死にが待つばかりにございますぞ」

「言うたはずじゃ。必ず大坂から援軍がまいる。それまで下の者をまとめ、心を一つにいたすがそなたらの役目ぞ。無間地獄に堕ちとうなければ、さっさと持ち場に戻らぬか！」

頼旦の剣幕に押され、道場主たちはしぶしぶ退出していった。

不信心者どもめ。何ゆえ弥陀を、門主様を心から信じることができぬのだ。苦しみに喘ぐ門徒を、あの方々が見捨てるはずがないではないか。

だが、九月の半ばになっても、援軍がやってくる気配はなかった。紀州方面からの兵糧の搬送も、途絶えたままだ。

織田軍の厳重な包囲は相変わらずで、力攻めを仕掛けてくるようなことはないものの、打って出る兵や城砦から逃れようとする者には矢玉が雨霰と浴びせられる。

長島本城の二ノ丸や三ノ丸では、とうとう飢え死にする者が出はじめた。最初に、怪我や病で弱った者、そして赤子や老いた者たちが餓死し、ついには若く壮健な者たちまでもが倒れる有様になっている。一日に配られる米はほんのわずかで、野菜はとうに尽きた。魚を獲ろうと川や海に出ても、織田方の船から鉄砲で狙い撃ちにされる。

残されたわずかな米は、本丸の倉に備蓄してある。配分は頼旦らが決めるので、本丸にいる本願寺から派遣された坊官たちに、まだ飢え死にする者は出ていない。頼旦や坊官が餓死するようでは、戦など続けられない。下の者たちが多少飢えようと、自分が倒れるわけにはいかないのだ。

和睦を求める声は、食糧が少なくなるにつれて増えていた。三日に一度は道場主が面会に訪れ、織田と和睦せよ、さもなくば米を寄越せなどと言い立てる。

「何という、手前勝手な連中か」

この日も嘆願に来た道場主たちを追い返し、頼旦は嘆息した。

「御教えを守ることと、己の空腹を満たすこと、どちらが大事だと思うておるのだ」

「致し方ありますまい」

下間頼成が、冷ややかに答えた。

「所詮、御教えの何たるかもわからぬ百姓どもにございます。我が身が危ういとなれば、恥をも知らぬ振る舞いをいたすは道理かと」

だが、どれほど愚かな民草にも、弥陀の光は等しく注がれる。今この時を耐え抜けば、必ず光明は見えてくるはずだ。

「城内を見回る。頼成、供をいたせ」

「承知いたしました。では、護衛の兵を十名ほど手配いたします。殺気立った者もおりますゆえ」

必要ないと思ったが、篠橋から逃げ込んだ者の中に、織田の間者が紛れていないとも言い切れない。

具足に身を固めた寺侍たちに護られながら、本丸を出て二ノ丸へ向かった。

二ノ丸に、戦時らしい覇気はまるで感じられなかった。この狭い中州に、二万近い人々が押し込められているのだ。元々あった長屋だけでは収容しきれず、方々に小屋が建てられている。

武装した門徒兵はわずかで、具足を着けた者も、力なく壁や塀にもたれかかっている。頼旦に気づいても、以前のように手を合わせる者はなく、生気の失せた虚ろな目を向けてくるだけだ。

「皆の者、気を確かに持て。遠からず、大坂より援軍がまいる。さすれば、腹いっぱい食うことができようぞ。苦しい時こそ、念仏を唱えるのじゃ」

頼旦の言葉に応える者はなく、念仏の声も聞こえてはこなかった。

さらに身分の低い者たちがいる三ノ丸は、輪をかけてひどい有様だった。

夥しい数の小屋が建ち並び、進むのにも難儀する。ひどい悪臭が立ち込め、あちこちから弱々しい呻き声が聞こえる。痩せ衰え、骨と皮ばかりの男女の骸が、道の脇に野ざらしにされている。

「御坊様」

声をかけてきたのは、三歳ほどの童を抱いた女だった。

覚束ない足取りで、頼旦に近づいてくる。遮ろうとする護衛の兵を制し、頼旦は前に出た。

「拙僧に、何ぞ用かな」

「御坊様、この子に……この子に、弥陀の御慈悲を……」

覚えず、頼旦は後ずさった。

女が抱きかかえた童は、明らかに死んでいる。かなりの日数が経っているのか、腐敗臭がひどかった。

「粥を一杯……せめて、重湯だけでも」

「寄るなっ、穢らわしい！」

手を伸ばしてきた女を、頼旦は思わず突き飛ばした。女は尻餅をつき、童の骸が地面に転がる。

奇妙な静寂が、あたりに漂った。無数の視線が、頼旦に突き刺さる。人々が立ち上がり、周囲に群がりはじめている。不穏な気配に、護衛の兵たちが槍を構える。

「あんたらのせいじゃ」

取り巻く人だかりの中で、誰かがぼそりと言った。

「あんたらが来たせいで、この地は地獄になってしもうた」

「そうや。戦も無う(の)て、みんな自分の生業(なりわい)に精を出して、食うにも困らんかったこの長島が、今では生き地獄じゃ！」

「戦はもう負けじゃ。さっさと降参して、あんたらは大坂でもどこでも消え失せろや！」

頼旦たちを取り囲む数十人の群衆は、口々に喚きながら石や板切れを投げつけてくる。

「ええい、黙らぬか！」

腕で頭をかばいながら、頼成が声を張り上げる。

「援軍は必ず来る。織田勢を蹴散らし、米を運んできてくれるのだ！」

「もう騙(だま)されんぞ。援軍なんぞ来るもんか。大坂の門主様は、わしらを見捨てたんじゃ！」

「あんたら坊主に、我が子を飢え死にさせた親の気持ちがわかるんか！」

あまりの怒りに、頼旦は眩暈(めまい)を覚えた。何という、身勝手な言い草か。何という、神仏を畏れぬ振る舞いか。

不意に、胸のあたりに何かがぶつかった。誰かが投げた土塊(つちくれ)が当たったのだ。痛みはさほどでもない。だが、頼旦の怒りは頂点に達した。極楽への案内人である僧に土塊をぶつけるなど、許されるはずがない。

「お、おのれ……！」

恐怖に駆られた護衛の一人が踏み出した。繰り出された槍が、群衆の一人の胴を貫く。

「やりやがったぞ、こいつらまとめてぶっ殺せ！」

「いや、生け捕りにして織田勢に差し出すんや！」

群衆は得物を手に、頼旦らに襲いかかってきた。

護衛の兵が斬り立てられ、悲鳴が上がる。四方八方から手が伸び、頼旦の法衣を摑む。

何とか本丸へ逃げ込もうともがくが、頭に衝撃を受け、視界のすべてが黒く染まった。

五

晩秋の抜けるような空の下、頼旦を乗せた舟は、長島本城の西を流れる揖斐川の川面を、北へ向かって静かに進んでいた。

長島から出てくる舟は、頼旦の乗る舟を先頭に、百艘は下らないだろう。舟には、長島本城に籠もっていたすべての人が乗っている。十人乗りのところを倍近い人数が乗り込んだ舟もあるが、頼旦の舟にはそれなりに余裕があった。

「逃げはせぬ。この縛めを解いてはくれぬか」

頼旦は隣に座る道場主の一人に声をかけた。

「ならん。そなたは大切な織田への捧げ物。もしも逃げられては大ごとじゃ」

門徒たちが暴動を起こして、十日ほどが過ぎていた。頼旦、頼成らを捕縛した三ノ丸の門徒はそのまま二ノ丸、本丸へと攻め込み、長島本城をすべて制圧したのだ。その後、道場主たちと織田軍との間で交渉が持たれ、頼旦らの身柄を引き渡す代わりに、籠城した門徒の降伏を認めるという条件となっていた。そして今日、九月二十九日が開城当日だった。

対岸の土手の上には、織田の将らしき者たちが十数人、並んでいる。じきに、頼旦らはあの者たちに引き渡され、信長の前に立たされるのだろう。そしておそらく、首を刎ねられる。

だがその前に、ありったけの罵詈雑言を浴びせてやる。弥陀の偉大さを説き、無間地獄の恐ろしさを語り、仏を敵に回したことを後悔させてやるのだ。

「おい」

舳先に立つ水夫が声を上げた。見ると、土手の上に無数の兵が並んで膝立ちになっている。

「まさか……」

誰かが呟いた次の刹那、轟音が響いた。

舳先に立つ男の頭が弾け、血飛沫が舞う。頼成が縛られたまま仰向けに倒れ、胸から血を噴き出している。隣にいた道場主も、首筋を押さえてのたうち回る。頼旦は咄嗟に身を伏せた。体を捻り、道場主の腰から脇差を抜いて手首の縄に宛がう。

「信長、裏切ったか！」

「おのれ、天魔め！」

門徒たちが口々に叫ぶが、銃撃はなおも続く。土手からだけでなく、周囲の織田水軍の舟からも弓、鉄砲が撃ち込まれていた。門徒たちは抗う術もなく、次々と撃ち倒されていく。

だから言ったのだ。本願寺を滅ぼさんとしている信長が、門徒の降伏など認めるはずがない。これも、仏敵に頭を垂れて命を繋ごうなどというさもしい考えを抱いた罰だ。

ようやく縄が切れた。頼旦の舟に、もう生きている者はいない。銃声がやんだわずかな隙を衝いて、船縁から転げるように川へ飛び込む。

川面は赤く染まり、夥しい数の骸が浮かんでいた。鉄砲玉が唸りを上げ、顔のすぐ側を掠めていく。

北に見える岸までは二十間（約三十六メートル）ほどだが、土手には織田の鉄砲足軽が鈴なりになっている。泳ぎは不得手だが、南側の岸へ向かうしかない。そこには、屋長島と中江の砦がある。その二つの砦は、長島本城の者が頼旦らを引き渡した後に開城することになっていた。今ならば、まだ逃げ込むことができるだろう。

血に汚れた水を飲み、何度も溺れかけながら、五十間（約九十メートル）ほどを泳いだ。岸に上がり、荒い息を吐く。

半町（約五十四メートル）ほど先に、屋長島砦が見えた。織田軍は砦を遠巻きに陣を布いているが、近くに織田兵の姿は見えない。長島本城が降伏したことで、警戒が緩んでいるのだろう。

振り返って目を凝らすと、北の岸に上陸した数百の門徒が、織田軍目がけて斬り込んでいくのが見えた。

男たちは下帯一つで、刀だけを手に土手を駆け上がる。前を行く者が鉄砲の餌食になろうと、止まることなく走り続け、鉄砲足軽を血祭りに上げていく。

なんだ、まだ戦えるではないか。法衣の袖を絞りながら、頼旦は思った。あれほどの力が残っているなら、降伏などせず戦い続けていればよいものを。

覚束ない足取りで、何とか屋長島砦までたどり着いた。頼旦の他にも、少なくとも数百人が、命からがらここまで逃げ込んでいる。

砦の中は、長島本城と同じくひどい有様だった。

誰もが骨と皮ばかりに痩せ衰え、生気を失くしている。殺戮から逃れてきた者たちを迎え入れはしたものの、薬も無ければ介抱する力も残っていない。矢玉を受けた者たちは、そこかしこに倒れたまま捨て置かれている。

頼旦は願証寺の僧だと偽り、適当に考えた名を名乗っていた。自分が下間頼旦だと知られれば、色々と面倒だ。

降伏を認めるのが罠だった以上、屋長島も中江も最後まで戦うしかない。だが、もはや勝ち目などないのは明らかだ。

できることならすぐにこの地を離れたいが、失った体力を少しでも回復させねばならない。まずは一晩ゆっくりと眠り、明日の夜明け前に砦を抜けるつもりだった。

命惜しさに逃げ出すわけではない。自分には、仏敵を滅ぼすという崇高な役目があるのだ。残された門徒たちにはせめて、自分が脱出するだけの時を稼いでもらわねばならない。

明日、砦を出たら織田の陣営を迂回して伊賀に出る。彼の地には門徒が多いので、何かと助けになってくれるだろう。そして、そこから西へ進んで大坂を目指す。援軍が来なかったのは、何かよほどの事情があったのだろう。でなければ、顕如が自分たちを見捨てるはずがない。

愚かな百姓どものせいで長島では負けたが、大坂へ戻れば、また仏敵を滅ぼす戦いに加われる。二度までも信長に苦杯を嘗めさせたのだ。本願寺内での自分の地位も、それ相応に上がることだろう。大坂の坊官や門徒たちから畏敬の視線を向けられる自分を想像し、頼旦は久しぶりに笑みを漏らした。

待っていろ、信長。この屈辱は、必ず晴らしてみせる。数万の大軍を率い、今度こそ貴様の首級を挙げてやる。

板塀にもたれかかって想像しているうち、頼旦は深い眠りに落ちていた。

目覚めると、あたりが暗かった。

見上げれば、空は厚い黒雲に覆われている。雲の動きは速く、風が吹くたびに揺らめいているようにも見えた。

周囲がやけに騒がしい。逃げろ、焼け死ぬぞ。水だ、水を汲め。そんなことを叫び合っている。

焦げくさい臭いが鼻を衝き、ようやく意識がはっきりした。慌てて立ち上がり、周囲を窺う。

空を覆うのは、雲ではない。黒煙だ。

火が出ていた。それも、一カ所や二カ所ではない。砦全体が燃えていると言っていいほどの大火だ。長屋、倉、物見櫓、逃げ込んだ百姓たちが建てた掘立小屋。砦内のほとんどの建物から、炎が上がっている。

「また火矢が来るぞ！」

誰かが叫んだ次の瞬間、頭上を無数の光の筋が流れていった。建物や地面に突き立ち、新たな火の手が上がる。

焼き討ち。脳裏に浮かんだ言葉に、身震いした。

一刻も早くここを逃れなければ。板塀の矢狭間から外を覗くと、織田軍が巡らせた柵と、その向こうに控える鉄砲足軽が見えた。恐らく、砦は完全に囲まれ、逃れようとする者には矢玉が浴びせられるのだろう。

頼旦のいるあたりにも、煙が漂ってきた。鼻と口を押さえ、身を低くする。こんなところで死ぬのか。馬鹿な。自分は弥陀に代わり、仏敵を討たねばならないのだ。愚鈍な百姓連中とひとまとめにされて焼け死ぬなど、弥陀がお認めになるわけがない。

まだ、火が回っていない場所があるはずだ。咳き込みながら、黒煙の中を這うように進む。

涙が溢れ、視界が滲んだ。法衣はあちこちが焼け焦げ、全身に激しい熱を感じる。体中を炙られる苦しみは、想像を絶していた。

まだだ。死んでなるものか。この私が、こんなところで死ぬはずがない。死にたくない。恐ろしい。嫌だ、死にたくない。

ほとんど閉ざされた視界の中、物見櫓の梯子が見えた。顔を上げる。まだ、火の手は回っていない。振り返ると、後ろから炎が迫っていた。ほとんど考えることもなく、喘ぎながら梯子を登っていく。

物見台は、すでに人でいっぱいだった。畳四枚分ほどの広さに十人以上がひしめき、上には上がれない。

それでも、いくらか視界が開け、煙は薄くなった。大きく口を開けて息を吸い込む。眼下には、火の海と化した砦と、火だるまになって転げ回る門徒たちが見えた。

誰かが、梯子にしがみつく頼旦の足を摑んだ。下郎めが。心中で罵り、顔を踏みつけて蹴り落とす。

不意に、木が裂ける不快な音が耳を聾した。ぐらりと櫓が傾き、梯子から手が離れる。悲鳴が上がり、櫓の上から十数人の男女が降ってきた。

お助けください、弥陀よ、弥陀よ、弥陀よ。宙を舞いながら、頼旦は唱える。だが、弥陀の御声が聴こえることはなかった。

それからの記憶は途切れ途切れだった。

最初に目が覚めた時、周囲は闇に閉ざされていた。頼旦は何か柔らかい物の上に、仰向けに倒れている。全身に重みを感じた。何かが体の上にのしかかっているらしい。

加えて、ひどい悪臭だった。血と焼け焦げた肉、そして汚物の入り混じったような臭い。吐き気を堪えて体を起こそうとしたが、全身を激痛が駆け巡った。あばらが何本か折れているのか。腕にもまるで力が入らない。左の小指と薬指も、おかしな方向に曲がっている。それでもここから這い出ようと幾度か試みているうちに、再び意識は遠のいていった。

目覚めてはまた気を失うことを何度か繰り返すうち、久方ぶりに青空が見えた。はじめて、自分の腹の上に乗っているのが人の骸だとわかった。背中の下にあるのも、無数の死体だ。物見櫓が倒れた時に、上にいた者たちと一緒に空堀に落ちたらしい。

ひどい有様だが、命があるだけでも信じ難いほどの僥倖(ぎょうこう)だった。

耳を澄ますと、かすかな人声がした。

「まったく、ひどい有様じゃ。中江の砦も合わせて、焼け死んだのは、二万人は下らぬであろうな」

「よい気味ではないか。御仏の名を騙(かた)り上様に盾突いた輩ぞ」

織田の兵か。声は聞こえるが、姿は見えない。門徒たちが全員焼け死んだかどうか、確かめに来たのだろう。

「じきに、上様がおいでになる。どこぞに生き残りが潜んでおらぬか、しかと目を配れよ」

「あの火の中を生き延びたとしたら、それこそ地獄の鬼よ。そんな者がおったら、さっさと逃げ出さねばな」

「違いない。わしも逃げるぞ」

いくつかの笑い声が上がった。

上様というのは、信長のことか。ならば、信長がここへ来るというのか。腹の底から、力が湧くのを感じた。

よかろう。鬼でも悪霊でもいい。弥陀に成り代わり、天魔信長を誅してくれる。

「おいでになられたぞ、上様じゃ」

多くの足音と、金具の触れ合う音が入り交じった。馬の嘶(いなな)きも聞こえる。頼旦は力を振り絞り、のしかかった骸を押しのけた。空堀の底とあって、織田兵たちに気づかれることはあるまい。

あたりを見回し、骸の腰から脇差を抜き取る。鞘を払って口に咥(くわ)え、骸を踏み台に空堀をよじ登った。

顔だけを出して、様子を窺う。

確かにそこにあったはずの長屋や櫓、塀や柵はことごとく焼け落ち、一面に黒々とした地面が広がっている。そして、無数の焼け焦げた骸が転がっていた。いまだ火の手が収まらないところがあるのか、彼方には幾筋もの黒煙が立ち上っている。その光景は頼旦に、幼い頃に絵草子で見た地獄を思い起こさせた。

やがて、騎馬の一団が近づいてきた。

後ろに十数騎を従えた、白馬の将。あれが、信長か。兜はかぶらず、金糸銀糸をちりばめた陣羽織をはおっている。

左右を徒武者（かちむしゃ）たちが固めているが、頼旦には誰も気づいていない。頬が緩み、自然と笑みが浮かぶ。炎に巻かれた時の恐怖も、全身の痛みも、もはや遠いものになっている。

信長が正面に来るのを、じっと待った。失敗など、頭の片隅にもない。弥陀が自分を生かしたのは、仏敵信長を誅するためなのだ。

機を見計らい、空堀から飛び出した。信長までは十間（約十八メートル）足らず。脇差を握り直し、一直線に駆ける。

「生き残りがおったぞ！」

「殺すな、捕らえよ！」

徒武者たちが、素早く頼旦と信長の間に壁を作った。数人が槍を手に前へ出てくる。

突き出された槍が、右の腿を抉った。

鋭い痛みが走り、地面に倒れ込む。続けて肩や背中に二度、三度と槍の柄が叩きつけられた。脇差を握る手を踏みつけられ、両腕を絡め取られる。

抗いながら、頼旦は声を張り上げた。

「勝ったと思うでないぞ、信長。門徒を何万人焼き殺そうと、御教えを滅ぼすことなどできぬ。弥陀は必ずや、そなたに仏罰を与えてくださる!」

「腐れ坊主か」

背筋に震えが走るほど、冷え冷えとした声音だった。信長は馬を下り、頼旦に歩み寄る。両腕を押さえる足軽に、強引に座らされた。

「坊主、名乗れ」

いかなる感情も読み取れない能面のような顔つきで、こちらを見下ろす。自らの手でこれほどの惨状を作り出しておきながら、その表情に動揺らしきものは微塵も見えない。

この男は、恐怖を知らないのか。あるいは知った上でなお、それを克服してきたのか。

気圧されそうになる己を鼓舞し、信長の目を見据えて答えた。

「本願寺坊官、下間三位法橋頼旦」

「ほう、長島の総大将か」

珍しい物でも見るように、信長は頼旦の前にしゃがみ込んだ。

「早う、この首を刎ねるがよい。そなたに仏罰が下る様を、極楽から見届けてやろう」

「異なことを申す。何万もの人間を死に追いやったは、そなたらの御教えとやらのせいであろう。人の命を虫けらの如く扱うは、我も本願寺も同じではないのか」

「何を申すか。この戦で死んでいった門徒たちは皆、自ら望んで戦に赴き、浄土へと旅立ったのだ。誰一人として、悔いてなどおるまい。降伏を申し出るような不信心者もおったが、あ奴らは残らず地獄へ堕ちた」

信長は、頼旦を束の間見つめ、やがて小さく笑いはじめた。

「何がおかしい」

「弥陀など、はるか昔の坊主が作り上げたまやかしにすぎぬ。極楽も地獄も、寺が銭と力を持ち続け、門徒どもを戦場へ送るための方便。そのことに、坊官であるそなたが気づいておらぬとはな」

「何を、そなたは何を言うておるのだ……」

「進めば極楽、退けば地獄か。よくぞ騙ったものよ。人を戦へ駆り立てることにおいては、我ら武家よりも、そなたら坊主の方が何枚も上手よ」

違う。弥陀は、確かにおられる。極楽も地獄も、方便などではない。仏典にそう記されていたのだ。もしも御教えが騙りごとだったとしたら、これまでの自分の生までもが、まやかしになってしまうではないか。

抗弁しようとする頼旦に構わず、信長はつまらなそうに立ち上がった。

「まあよい。顕如は、そなたのような愚物を上手く使ったものよ。この戦で、わしは多くの手駒を失った」

信長が、側に控える武者に命じる。

「斬れ。首は、そこらに棄てておけばよい」

「待て」

踵（きびす）を返す信長に、頼旦は声を放つ。

「そなたには、信じるものはないのか。神仏に縋らずして、そなたはなぜ、これほどの悪行に手を染められるのだ」

立ち止まり、信長はゆっくりと振り返る。

「我の信じるものは一つ。ただ、我一人のみ」

その口元に浮かぶ微笑に、頼旦ははじめて恐怖を覚えた。

この男には神も仏も、地獄も極楽も必要ない。死んだ後のことなど、露ほども考えてはいないのだろう。信長はただ、今この時を生きている。

それが強さなのか、それとも狂気なのか、頼旦には理解できない。ただひたすら、目の前に佇（たたず）むこの男が恐ろしい。

信長が再び踵を返すと、近くにいた武者の一人が刀を抜き、頼旦の背後に回った。別の者が、頼旦の頭を押さえつける。

いいだろう。弥陀が、浄土や極楽がまやかしか否か、この目で確かめてくれる。

ともすれば震え出しそうになるのを堪え、頬を吊り上げて笑う。

風が首筋を打ち、目の前のすべてが闇に閉ざされた。

第四章　天の道、人の道

一

本当の強さとは、何なのか。

武田大膳大夫勝頼は、立ち上る炎と黒煙を見上げながら自問した。

勝頼が心血を注ぎ、財政を傾けてまで築いた新府城は、落成を見ることなく、勝頼自身の命で放たれた炎に包まれ、焼け落ちようとしている。

だが、感傷に浸っている暇はなかった。敵はもう、武田家の本拠地である甲斐の眼前まで迫っている。

国境は味方の寝返りによって易々と突破され、配下の城は次々と落ち、あるいは降伏していく。信濃の要衝・高遠城も、熾烈な戦いの末に陥落した。

「御屋形様、お城が……」

馬の後ろに乗せた正室の北条（ほうじょう）夫人が言った。

「案ずるな。城など所詮、器にすぎん」

口惜しさを悟られまいと、努めて鷹揚に答えた。

「いつ敵が現れるやもしれませぬ。お急ぎを」

側近の長坂光堅（ながさかみつかた）に促され、馬首を巡らす。

目指す先は、甲斐の有力国人・小山田（おやまだ）信茂（のぶしげ）の岩殿城。従うのは、女子供も含めてわずか千名足らず。最盛期には三万の軍を動かした武田家の当主が、今はこの有様だった。

家祖・源義光（みなもとのよしみつ）以来、四百五十年続いた甲斐源氏の嫡流・武田家は今、滅亡の淵に瀕している。

「御屋形様……」

勝頼の腰に回された妻の腕に、力が籠められた。

「願わくは、最期までお側に」

本当の強さとは何か。あと少しで、その答えにたどり着けそうな気がする。

二

尾張の大うつけ。諏訪四郎勝頼がはじめてその噂を耳にしたのは、十歳になるかならないかの頃だった。

大うつけの名は、織田信長といった。

勝頼よりも十二歳年長の信長は、尾張で最大の勢力を持つ織田弾正忠家の嫡男でありながら礼儀作法もわきまえず、下人同然の風体で町を練り歩いているという。父の葬儀では、あろうことか位牌に抹香を投げつけたらしい。

その気持ちが、勝頼にはわからなくもない。他の家臣たちのように、信長のうつけぶりを嗤う気にはなれなかった。

大名家の男子に生まれた息苦しさは、世人には到底わかりはしない。いつしか勝頼は、信長に親近感を抱き、その動静を注視するようになっていた。

信長の代になれば、織田は滅ぶ。家中ではまことしやかにそう語られていたが、そうした評判は覆され続けた。

信長は弱兵と蔑まれる尾張兵を率い、桶狭間で今川義元を討ち果たし、尾張を統一して美濃を平らげ、ついには京の都まで掌中に収める。いつしか、織田家は武田家をはるかに上回る大大名にのし上がっていた。

だが、信長は武田家を決して粗略に扱わず、ひたすら低姿勢に徹していた。同盟を結んだ後も貢物を欠かさず、長らく敵対していた越後上杉家との和睦仲介まで買って出ている。勝頼が最初に迎えた正室の遠山夫人は、信長の養女だった。

「信長殿とは、いかなる御仁か」

勝頼が訊ねると、遠山夫人はしばし思案した後に口を開いた。

「お目にかかったことは数えるほどしかございませぬが、聞くところによれば、言葉少なく、ご自身の胸の裡を誰にも明かされぬ御方と」

そう答えた遠山夫人は数年後、病で死んだ。

信長という男はどこか、自分と似たところがあるのかもしれない。他者を信じることができず、己の胸中を明かす相手もいない。多くの家臣領民にかしずかれ、強大な権勢を手に入れてもなお、孤独という名の虚を埋めることができずにいる。

いつか、膝を交えて語り合ってみたいものだ。勝頼は思ったが、その願いがかなえられることは、恐らくないだろう。

あまりにも弱い。

話には聞いていたが、これほど弱いとは。為すところなく無様に敗走していく敵勢を眺めながら、勝頼は呆気に取られていた。

武田信玄自らが率いる武田勢三万に対し、敵は徳川家康の八千と、織田家からの援軍三千。数だけ見ても、勝敗は最初から決していた。

浜松から武田勢の待ち受ける三方ヶ原まで果敢に打って出た徳川勢は、敗れたものの見事な戦ぶりを見せ、主君・徳川家康を戦場から離脱させた。

だが、後詰のはずの織田勢は戦意に乏しく、最初から腰が引けていた。戦の終盤に平手汎秀という将が突撃してきたが、恐怖に駆られての猪突にすぎず、平手隊は全滅、汎秀も討ち取られている。

「噂以上の弱兵ぶりですなあ、四郎殿」

山県昌景が馬を寄せ、豪放に笑った。武田勢の最精鋭である赤備え衆を率いる、家中でも指折りの猛将だ。

「このぶんなら、明日にも浜松を落とせましょう。尾張、美濃へと攻め入り、信長めの首級を挙げるは造作もありますまい。京に武田の旗が翻る日も、遠くはござらぬ」

「そうだな。されど油断はすまいぞ。信長という男、追い詰められればどのような策を弄してくるかわからぬ。迂闊に進めば、思わぬ陥穽が待ち受けておるやもしれぬぞ」

何しろ、病を装って誘い出した実の弟を謀殺し、這いつくばるようにして浅井・朝倉に和を請うた舌の根も乾かぬうちに、比叡山延暦寺を焼き尽くした男だ。武人の誇りなど、欠片も持ち合わせてはいない。だからこそ、恐ろしいところがある。

「四郎殿は、我が御屋形様が信長ずれに後れを取ると仰せか」

「そうは言っておらぬ。だが、敵を侮るは厳に慎むべきであろう」

「なるほどごもっとも。まことと、諏訪の四郎殿はよき将に候」

皮肉を残し、山県は駆け去っていった。

父・信玄が織田家との盟約を反故にして西上を開始したのは、元亀三年十月のことだった。遠江、三河、東美濃へほぼ同時に攻め入った武田勢は破竹の進撃を続け、十二月には三方ヶ原で徳川勢の主力を壊滅させた。家康は命からがら戦場を離脱し、居城の浜松で逼塞を余儀なくされている。

そして信長は、浅井、朝倉、六角、三好、大坂本願寺といった敵を抱え、四面楚歌に陥っていた。ここに武田軍三万が加われば、信長に抗する術はない。よほどの幸運に恵まれなければ、信長の首が胴から離れるのは時間の問題だろう。

だが、事態は勝頼が予想だにしない方向へ進んだ。三河野田城攻撃中に、信玄が病に倒れたのだ。野田城攻略後、三河長篠城に入った武田本隊は、進軍の停止を余儀なくされた。

「我が命運は、ここで尽きる。これも、天道というものであろう」

勝頼一人を枕頭に呼び寄せ、信玄は言った。

ふくよかだった頬も、見る者を畏怖させる眼光も、今は見る影もない。だが、痩せ衰えた土気色のその顔つきからは、志半ばで倒れる無念さも、死への恐怖も窺えなかった。

この父が、死ぬのか。はじめて、勝頼は実感した。

内紛の絶えない山国甲斐の古びた名門を、日ノ本最強の大名家に育て上げた男。謀略の限りを尽くして版図を拡げ、家を保つためには父を追放し、己の息子にまで腹を切らせた鬼。それが、天下への糸口をようやく摑(つか)みかけたところで、これほど呆気なく世を去るのか。

「三年の間、我が死を秘すべし。後継はそなただが、あくまで武王丸(ぶおうまる)の陣代であることを心得よ。武王丸が元服した暁には、すみやかに家督を譲るのだ」

武王丸とは、七歳になる勝頼の嫡男である。

「承知いたしております」

信玄四男の勝頼は元々、信濃の名門・諏訪家の跡を継ぐべく諏訪姓を名乗っていた。勝頼生母の諏訪御料人は、信玄が謀略をもって滅ぼした諏訪頼重(よりしげ)の娘である。だが、信玄の嫡男・義信(よしのぶ)が謀叛を企てて切腹させられると、次兄は盲目のため出家し、三兄も夭折していたため、俄(にわ)かに後継者と目されるようになった。

しかし山県昌景や内藤昌秀(ないとうまさひで)、馬場信春(ばばのぶはる)といった武田家宿老の多くは、諏訪家の人間だった勝頼の家督継承に、多かれ少なかれ不満を抱いている。四郎殿は、武田宗家を継ぐべき血筋にあらず。面と向かって言い放たれたことも、一度や二度ではない。

甲斐武田家の譜代である彼らにとって、勝頼は他所者(よそもの)であるという思いを拭いきれないのだ。信玄が勝頼を陣代という曖昧な立場にとどめたのも、そうした重臣たちへの配慮からだった。

「すまぬ。そなたには、重き荷を背負わせることとなった。それだけが、心残りじゃ」

勝頼は返答に窮した。信玄が自分に向けて父親らしい言葉をかけたことなど、これまで一度もない。

「己が寿命さえわかっておれば、織田との盟約を破りはせなんだものを」

「父上」

「織田弾正忠信長。彼(か)の者を、決して侮ってはならぬ」

「信長とは、それほどまでに」

「恐ろしい。今のあ奴は、天道さえも味方に付けておるわ。わしが病に罹(かか)らずとも、勝てるか否かは五分と五分であろうな」

父らしからぬ弱気な言葉が、勝頼には信じられなかった。

勝頼とて、信長を侮っているつもりなどない。だが四方に敵を抱え、弱兵しか持たぬ信長と、信玄が率い、多くの名将を擁する武田軍三万が互角だというのか。

「十年の間、耐えよ。さすれば、信長は高転びに転ぶ。どこぞの大名に討たれるか、あるいは身内に寝首を掻かれるか。そこまで耐えれば、武田は滅びぬ」

「しかし……」

信玄は見舞いに訪れる家臣たちに、幾度となく口にしていた。「信長を討ち、京に武田の旗を立てよ」と。

「ああでも言わねば、家中は結束を保てぬ」

勝頼は得心した。勢威を誇る武田家も、信玄という要を失えば、国人・土豪の寄り合い所帯にすぎなくなる。信玄は誰よりも、その事実を熟知しているのだ。

「信長を倒せ、などとは言わぬ。場合によっては、織田家に膝を屈してもよい。甲斐の地を、武田の家名を、そなたが守ってくれ」

父の目に浮かぶ懇願の色に困惑しながら、勝頼は答えた。

「ご安堵めされませ。この四郎勝頼が命に代えても、甲斐と武田を守ってみせまする」

元亀四年四月十二日、甲斐へ撤退途中の信濃駒場において、信玄は没した。享年五十三。そして、窮地を脱した信長は浅井・朝倉を屠り、包囲網は瓦解する。

「天道、か」

浅井・朝倉の滅亡を聞き、勝頼は呟いた。

天は父に時を与えず、信長に挽回の機を与えた。天が選んだのは父ではなく、信長なのではないか。そんな疑問も湧いてくる。そして自分に遺されたのは、父亡き後の武田家という、あまりにも重い荷だ。

勝頼に必ずしも心服していない家臣たちを御し、織田家の脅威を排除して武田の家名を保つ。それを成し遂げるだけの器量が己にあるのか、勝頼にはわからない。

元より、望んで後継者の地位に就いたわけではない。己が身中に流れる血を呪い、兄に死を命じた父を恨んだこともある。

だが、他に選べる道などありはしない。どれほど苦難に満ちていようと、重い荷を負ってこの道を歩き続けるしかなかった。

三

やはり、信玄の死は隠しおおせるものではなかった。

信長は武田の脅威が去ったと判断し、畿内で攻勢に出ている。さらには徳川家康も、三河・遠江から武田方を一掃しようと動きはじめていた。

信玄の死からわずか三月後、奥三河の国衆・奥平(おくだいら)氏が武田を離反し、徳川に与(くみ)する。そして九月には、三河長篠城が徳川軍に攻められ降伏、開城。時を同じくして、飛騨や東美濃の国衆も続々と武田から離反していった。

「このままでは三河、遠江を失うばかりか、信濃や駿河(するが)からも御家を離反する者が現れましょう」

報告のため勝頼の居室を訪れた長坂光堅は、危機感を滲ませていた。

光堅は譜代の武田家宿老だが、山県や内藤、馬場らとは違い、勝頼を若輩者と侮ることがない。戦場での武勇は他の宿老に及ばないものの、智略と政(まつりごと)の手腕を勝頼は高く買っていた。

「もはや、信玄公の死は諸国に知れ渡っていると判断するより他ありますまい。とすれば、一日も早く兵を催し、御屋形様の武威を示すべきかと」

「それしかあるまいな」

現状を放置しては、家中のみならず、民百姓まで勝頼の器量を疑うようになるだろう。そうなれば、もはや家は保てない。

乱世で一門の棟梁として認められるには、戦に勝って版図を拡げ、器量を見せつけるしかなかった。大名とは常に、下の者から鼎の軽重を問われ続ける存在なのだ。

「問題は、何処に兵を出すか、ですが」

「まずは東美濃。小城をいくつか落として織田との国境を安定させ、さらには信長の出方を窺う」

「よきご思案かと」

年が明けた天正二年正月、勝頼は東美濃へ攻め入り、明智城をはじめ苗木、馬籠といった諸城を攻略した。

信長はこちらをはるかに上回る大軍を率いて出陣してきたが、攻勢に出ることなく戦況は膠着する。見切りをつけた勝頼が撤退すると、信長は追撃も城の奪回を試みることもなく、岐阜へと兵を退いた。この戦で武田軍が落とした城は、大小合わせて十八にも上る。

当主となってはじめての戦に、勝頼は手応えを感じた。父が死んだからといって、武田軍の精強さが失われたわけではない。これなら織田と徳川を相手取っても、十分に戦える。

六月、勝頼は二万五千の大軍を催し、遠江に攻め入った。目標は、徳川方の東遠江の要衝・高天神城。信玄が率いる大軍をもってしても落とせなかった堅城だ。ここを落とせば、勝頼の武威は飛躍的に高まる。

だが勝頼が見ているのは、高天神城だけではなかった。

城に籠もる守兵はおよそ一千。大軍で囲まれれば、家康に救援を求める他ない。しかし、家康にしてもその兵力は一万程度だ。となれば、織田家に援軍を要請するしかないだろう。

後詰に現れる織田軍を待ち受け、野外で決戦を挑む。それが、勝頼の狙いだった。織田領越前では叛乱が起こり、伊勢長島の一向一揆も健在。となると、遠江に送れる軍勢はせいぜい二万程度。徳川軍も合わせて三万の軍なら、勝機は十二分にある。

しかし、信長が遠江に現れることはなかった。

救援要請を受けた信長が岐阜を出陣したのは、城を囲んで一月以上も後のことだった。それからも信長の動きは緩慢で、ようやく三河吉田に到着した時には、兵糧が尽きた高天神城はすでに降伏・開城していたのだ。落城の報(しら)せを受けた信長は、高天神城奪回の動きを見せることなく引き上げていったという。

「信長め、三河まで来ておきながら、尻尾を巻いて逃げていきおったわ」

「先の美濃攻めといい、よほど我らが恐いと見える」

織田軍の撤退を受け、陣中は大いに沸いた。だが、勝頼は素直に喜ぶことができずにいる。

迅速な用兵をもって知られ、時には一騎駆けさえ辞さない信長が、行軍にこれほど手間取るはずがない。つまり信長は、勝頼の意図を読んだ上で、こちらの攻勢をいなしたのだ。城を落としたとはいえ、目標のすべてが達せられたわけではない。

「よもや、同盟国の城を見殺しにするとはな」

接収した高天神城の一室で、光堅に向かって言った。

「それだけ、信長は御屋形様を恐れているという証にございましょう」

「やはり信長は、野戦は不得手と見える」

信長が野戦で華々しい勝利を挙げたことは、意外なほど少ない。尾張統一前の小規模な戦と、桶狭間くらいのものだ。美濃攻めでは幾度も惨敗を喫し、姉川では敗走寸前まで追い込まれている。徳川家との信頼関係にひびが入り、自らの武威が失墜する代償を払ってでも、武田との野戦を避けたかったのだろう。

「あの男は、己の弱さをよく知っているな。名を捨てても実を取ることができる。そういう相手は、恐ろしいものだ」

とはいえ、高天神城を落としたのは大きな成果だった。

勝頼の武威は高まり、東美濃での勝利と合わせ、信玄没後も武田軍が健在であることを誇示できたのだ。武田家の版図は今や、信玄在世時よりも拡がっている。宿老たちや他国の勝頼を見る目も、いくらか変わるはずだ。

大膳大夫の官途を称するようになった今も変わらず、武田家当主の名は重い。だがそれでも、いくらかは自信が得られた。

「御屋形様はまだ二十九歳。不惑を過ぎた信長よりも、はるかに多くの時がござる。いずれは信長、そして信玄公さえも凌ぐ高みに上られませ」

頷き、勝頼は酒を命じた。今宵くらいは、勝利に酔うのも許されるだろう。

三河から思いがけない報せが舞い込んだのは、天正三年三月のことだった。

徳川家臣・大岡弥四郎（おおおかやしろう）からの寝返りの打診である。大岡は勝頼が三河に出陣すれば、家康の嫡男・信康（のぶやす）が守る岡崎城を乗っ取って武田家に献上するつもりであるという。

大岡は身分こそ低いものの算術に長け、家康・信康父子の信頼を得て三河で二十余カ所の代官に任じられるほどの出頭人だった。

「引き立てられた恩を忘れ、主家を裏切るとはな。罠の恐れはないのか、光堅」

「大岡は家康の寵（ちょう）を鼻にかけるところがあり、家中でも浮き上がっておるようです。先頃は他の家臣と諍（いさか）いを起こして弾劾を受け、家康の信を失いつつあるとの由」

「なるほど。生き残るために、武田に付こうという肚（はら）か」

徹頭徹尾、己が利を追い求める人物なのだろう。ならば、逆に信用できる。

「よかろう、三河へ兵を出す。岡崎を獲れば、浜松の家康を東西から挟撃することも可能となろう」

信長は昨年九月に伊勢長島攻略を果たしたものの、本願寺の勢力は摂津大坂と越前でいまだ健在である。先の明智、高天神攻めと同様、武田家との決戦は避けるはずだ。

「三河と遠江を完全に併呑(へいどん)いたせば、織田家との国力の差は縮まり、家中から御屋形様に異を唱える者はいなくなりましょう」

高天神城攻略の後も、宿老たちとの関係が改善されたわけではなかった。

彼らは事あるごとに勝頼と信玄を比べ、勝頼を頑(かたく)なに認めようとはしない。若かりし頃から信玄と労苦を共にし、武田家を大大名にまで育て上げたという自負は、一朝一夕で拭いきれるものではないのだろう。

「加えて、精強な三河兵を傘下に収めることで、信玄公が果たせなかった織田家の打倒に、大きく近づくことがかないまする」

「織田家打倒、か」

父の望みはあくまで、武田家の存続だった。勝頼が織田家と敵対を続けているのも、家中統制のための方便にすぎない。

「光堅。わしは、父上を超えることができようか」

「必ずやおできになると、信じておりまする」

光堅の声音は穏やかだが、確信に満ちている。

三月末、甲斐を出陣した武田軍先陣は信濃から南下し、三河国境を越えて足助城を攻略した。

勝頼は四月中旬、信玄の三回忌法要を終えるや自ら出陣、先陣と合流を果たす。軍勢の一部は越後の上杉に備えて北信濃に残したため、総勢は一万五千余。それでも、岡崎城を落とすだけなら十分な兵力だ。

だが、岡崎攻めは中止せざるを得なくなった。大岡弥四郎の内通が露見し、大岡とその一味が捕縛されたのだ。

勝頼はやむなく岡崎城奪取を断念し、矛先を三河・遠江国境へと改めた。家康は岡崎救援のため、必ず浜松を出陣する。これを国境で待ち伏せるつもりだった。

しかし、家康は間一髪のところで三河吉田城に入り、野戦に持ち込むことはできなかった。堅固な吉田城に籠もる徳川本隊を力攻めにするのは、さすがに犠牲が大きすぎる。

「岡崎も落とせず、家康には城へ逃げ込まれた。やはり此度の出兵は、いささか早計にございましたな」

軍議の席で嫌味を口にしたのは、勝頼の叔父に当たる武田逍遥軒(しょうようけん)だった。

「確かに、一万五千もの軍勢を催してはるばる三河まで攻め入り、落としたのが奥三河の小城ばかりでは割に合い申さぬ」

同じく武田一門衆の穴山信君(あなやまのぶただ)が賛同する。他の山県昌景、内藤昌秀、馬場信春といった宿老たちは黙したまま、際限なく続く信君と逍遥軒の愚痴を聞き流している。

確かに、状況は芳しくない。このまま甲斐へ引き上げれば、苦心して高めてきた勝頼の武威が低下し、家中の統制はさらに難しくなるだろう。目に見えた、大きな戦果が必要だった。

「両人の申すこと、もっともである」

勝頼が言うと、二人はようやく黙った。

「ゆえに、我らはこれより北へ向かい、長篠城を落とす」

勝頼は床に広げた絵図の一点を指した。長篠城はかつて武田方に属していたが、信玄の死後、城主の奥平貞昌が離反したため、今は徳川方の城となっている。

「彼の城を落とせば、徳川の版図の中央に大きな楔を打ち込むこととなる。ゆえに、家康はこの城を見捨てることはできぬ」

「ほう。徳川に決戦を挑まれますか」

口元に笑みを浮かべ、山県が問う。

「いかにも。此度の出陣で得るのが、たとえ徳川三河守家康が首であったとしても、方々は不足かな？」

一同を見渡すと、それまで黙っていた内藤昌秀が「よろしいか」と口を開いた。智勇を兼ね備え、人望も厚い、武田家の副将格である。

「我らが長篠を囲めば、家康が再び織田家に救援を求めるは必定。織田の援軍が加わっては、家康の首は容易くは獲れますまい」

「織田が救援要請に応じるか否かは、五分五分であろう。織田が応じなかった場合、家康は戦わずして我らに降る」

高天神城を見捨て、長篠城まで見殺しにしたとあっては、織田と徳川の同盟は決裂する。そうなれば家康は、単独で武田と戦うよりも、こちらに降って織田と戦うことを選ぶはずだ。

「その点については異論ござらぬ。されど、織田が救援に応じた場合はいかがなさるおつもりか？」

「西に大坂本願寺、北に越前門徒衆という大敵を抱える織田家に今、大軍を出す余裕はあるまい。せいぜい、一万から一万五千。そして信長はこれまで、一度たりとも我が武田と正面から戦ったことはない」

「つまり、信長が救援に応じたとしても、本気で我らと戦う気はない、と？」

「さよう。八千の徳川軍と、腰の引けた織田軍一万余。我が武田がこれらを相手に勝てぬと申すのであれば、いさぎよく甲斐へ引き上げる他あるまい」

挑むように、一人一人の顔を見つめる。

「何を仰せか！」

「家康のみならず、信長の首まで獲って見せようぞ！」

口々に吼える家臣たちに、勝頼は頷いてみせた。

「ならば決まりだ。これより全軍をもって長篠城へ向かい、織田・徳川と雌雄を決する」

四

織田・徳川連合軍、設楽原（したらがはら）に布陣。

その報せが届いたのは、長篠城を囲んで半月余りが過ぎた五月十八日夜のことだった。

長篠城は、今も落城には至っていない。守兵はわずか五百で、力攻めで落とすのはわけないが、この城は織田・徳川軍を釣り出す大事な囮（おとり）だ。わざわざ犠牲を払って攻め落とす必要はない。

勝頼は長篠城を見下ろす医王山に本陣を据えると、周囲にいくつかの砦を築き、遠巻きに包囲するにとどめていた。

「さて、いかがなさいます？」

陣屋に呼んだ光堅が、絵図を睨みながら訊ねた。

「思ったよりも多いな。しかも、信長自ら出てまいるとは」

物見の報告によれば、徳川軍は、家康の率いるおよそ八千。信長自身が率いる織田軍の兵力は不明だが、二万は下らないとのことだった。そして両軍は、設楽原を南北に流れる連子（れんご）川に沿って長く布陣し、前面には土塁や三重に及ぶ馬防柵、逆茂木（さかもぎ）を巡らせた陣城を築いているという。

「織田の確かな兵力は、どうしてもわからぬか」

「我が軍の物見が近づくと、矢玉を雨霰（あめあられ）と射かけてくるとの由にございますれば」

「鉄砲の数は、それほど多いのか」

「御意。物見によれば、千挺は優に超えるであろうと」

野外に陣城を築き、千を超える鉄砲を持ち込む。それは勝つためというよりも、負けないための算段だ。

設楽原から長篠に至る地形は険阻で、大軍の利は活かせない。ゆえに、敵は設楽原にとどまったまま、守りの構えを取っているのだろう。

信長の意図は、徳川への義理を果たすことと、決戦を避けることの二点。前者は、信長自身が大軍を率いてきたことですでに果たされている。残る後者は、大軍を掻き集めて堅固な守りの陣を見せつけ、こちらの撤退を待つことで達成できる。

「しかし、解せぬことがある」

信長に、それほどの時があるのか。畿内や越前の情勢は、予断を許さない。今この瞬間にも、大坂や越前の本願寺軍が、織田方の城に襲いかかっているかもしれないのだ。信長としては、一刻も早く三河から引き上げ、畿内へ戻りたいのではないか。

「御屋形様」

陣屋の外から、声がかけられた。入ってきたのは、側近の武藤喜兵衛（むとうきへえ）である。

「先ほど、織田の陣より密使がまいり、このような物を」

差し出されたのは、小さく折り畳まれた密書だった。

「ほう、これは」

織田家重臣・佐久間信盛（さくまのぶもり）からの内通の申し出である。両軍一戦に及べば、必ずやお味方仕る（つかまつ）。そう、記してあった。

「光堅、いかが見る？」

「罠にございましょうな」

勝頼は領いた。織田家家臣の中で最大の所領を与えられている佐久間に、織田家を裏切る理由はない。となると、これは勝頼を決戦の場に引きずり出すための罠と見て間違いないだろう。

だが、あまりにもあからさまに過ぎた。謀略に長けた信長が、これほど稚拙な策を弄するとは思えない。

「あるいは」

こちらがこの密書を罠だと見抜けば、信長は決戦を望んでいると考える。しかも、織田・徳川はこちらの倍近い兵力を擁しているのだ。兵法の常道からすれば、決戦を避け、甲斐へ撤退することを選ぶ。信長の狙いは、そこにあるのだろう。

「見えたな。やはり、信長は我らとの戦を望んではおらぬ」

「いかにも、筋は通りますな」

「であるならば、我らが採るべき道は一つ。設楽原に押し出し、決戦を挑むのみ」

「されど、敵が三万近い大軍であることに変わりはござらぬ。しかも、千を超える鉄砲を擁して陣城に立て籠もっているとなると、なかなかに厳しき戦となりましょう」

「だが、我らの優位は揺らぐまい。一つは、この雨だ」

ここ数日、天候が優れなかった。本格的な梅雨に入ったらしく、空は厚い雲に覆われたまま、降ったりやんだりを繰り返している。夕刻からは雨脚が一段と強まり、数日は降り続きそうだった。

「なるほど、鉄砲は雨で封じることがかないましょう。しかしながら我らとしても、長篠城を押さえる兵も残しておかねばなりますまい。半数以下の兵で土塁に籠もる大軍に向かうは、さすがにいかがなものかと」

「案ずるな。我に、策がある」

五月二十日、勝頼は宿老たちの反対を押しきり、軍を織田・徳川連合軍の前面に進めた。後方の鳶ノ巣山砦には、わずか数百の兵を残したのみである。

織田本陣の茶臼山から勝頼が本陣を置いた才ノ神と呼ばれる小高い丘までは、およそ二十町（約二・二キロメートル）。合戦においては、指呼の間と言っていい。

敵は、左翼と中央を織田軍、右翼を徳川軍が受け持っている。ここから確認できる限りでは、兵力はやはり三万弱だろう。

旗印から、参陣している織田軍の将は佐久間信盛、滝川一益、丹羽長秀ら。明智光秀、羽柴秀吉、柴田勝家らの旗は見えない。恐らくは、畿内の守りに就いているのだろう。

「陣城はほぼ出来上がっているようだな、光堅」

雨で煙る敵陣を睨みながら、勝頼は言った。

「はい。この雨で地面がぬかるみ、柵も立てやすかったのでしょうが、柔土に埋め込んだだけの柵なら、引き倒すも容易かと」

「加えて、敵陣はあまりに横に広がりすぎている。あれでは、陣の厚みは確保できまい」

布陣を終えた時には、すでに日は没していた。勝頼の想定通りに敵が動けば、開戦は明朝になる。あとは、勝頼の仕掛けた罠に、敵が乗ってくれるか否かだ。

「こちらの動きに、敵は戸惑っているような」

決戦に臨み、勝頼はあえて、文字通りの背水の陣を布いていた。

味方の背後には、ここ数日の雨で増水した滝川が流れている。万が一にも負けた場合、味方の撤退は困難になるだろう。昨日の軍議で、宿老衆がこぞって進軍に反対したのはそのためだ。

だが、それこそが勝頼の罠だった。

総大将自らが倍する敵の前に進んで背水の陣を布くなど、兵法の常道ではあり得ない。敵は、勝頼はこの設楽原の陣ではなく、さらに後方にいると考えるだろう。そして、勝頼の周囲にいる兵はせいぜい数千。勝頼の首を獲るのに、これ以上の機会はない。

二十一日未明、細作が敵陣に動きありと報せてきた。敵の別働隊数千が設楽原の南を大きく迂回した後、東へ転進して山中へ入ったという。

「かかった」

敵の狙いは鳶ノ巣山砦だろう。信長は、勝頼がそこにいると踏んだのだ。これで、敵の兵力は大きく削がれる。勝頼は、勝利を確信した。

払暁、勝頼は光堅を伴って陣幕を出た。雨は小降りになっているが、いまだ空は厚い雲に覆われている。

「似ていると思わぬか」

霧に包まれた設楽原を見下ろし、勝頼は言った。

「わしは出陣しておらぬが、父上が八幡原で謙信(けんしん)と対した時も、このように霧が深く立ち込めていたと聞く」

「御意」

第四回川中島の戦いである。信玄は霧の中から現れた上杉謙信の軍勢と正面からぶつかり、弟の信繁、軍師・山本勘助他、多くの名将を失った。あの戦さえなければ今頃、織田と武田の立場は逆転していたかもしれない。

「だが、此度は我らが、完膚なきまでに勝つ」

霧が次第に晴れようとしていた。

「我が旗を掲げよ。武田大膳大夫勝頼がここにあることを、敵に知らしめてやるのだ」

本陣に、『大』の旗が翻った。信玄以来の風林火山の旗ではなく、諏訪家の旗である。

ここで勝利を得なければ、名実共に〝武田〟勝頼となることはできない。陣代のまま、諏訪勝頼のままで終わるか否かの切所だ。

「誤算は、この空だけだな」

勝頼は天を仰いだ。雨は完全に上がり、雲の切れ間からは青空さえ覗いている。

脳裏に、信玄が今わの際に口にした言葉が蘇った。あ奴は、天道さえも味方に付けている。

頭を振り、敵陣を見据えた。敵は、勝頼が目の前にいることを知って動揺している。攻めるなら、今を措いて他にない。

「手筈通り、まずは徳川三河守が首を獲る」

味方の布陣は、右翼に馬場信春、穴山信君、土屋昌続、真田信綱・昌輝兄弟。中央・勝頼本陣の前面に武田信豊、武田逍遥軒、小幡信真。左翼には山県昌景、内藤昌秀、原昌胤、小山田信茂。兵力、将の質ともに、徳川軍と向き合う左翼を厚くしてある。

右翼で織田軍を牽制しつつ、精強な隊を集めた左翼が徳川軍を撃破する。それが、勝頼の狙いだった。徳川軍が崩れ去れば、織田軍は必ず浮足立つ。信長も、多大な犠牲を払ってまで踏みとどまりはしないだろう。

「先手衆、前へ」

奇妙なほどの静寂の中、法螺貝の音が響いた。

陣太鼓が打ち鳴らされ、赤一色の山県隊が動き出す。さらに、右翼の馬場隊も前進をはじめた。

味方は武田家の軍法に従い、指揮を執る将を除いて馬を下りていた。竹を束ねた鉄砲除けの楯を前面に押し立てながら、徐々に距離を詰めていく。

各隊の先鋒が鉄砲の射程に入った刹那、凄まじい数の銃声が戦場に轟いた。

さらに、馬防柵の向こうから放たれた矢が、味方の頭上に降り注ぐ。味方は竹束に身を隠しながら、矢と鉄砲を射ち返す。敵味方の射撃は間断なく続き、戦場はたちまち硝煙に覆われていった。

勝頼は懸命に目を凝らし、煙の向こうを凝視する。すでに、かなりの数の味方が倒れていた。雑兵ばかりでなく、物頭や侍大将らしき者も撃たれている。

銃声は、前線から遠く離れた勝頼の耳をも聾するほどだった。敵の鉄砲が千をはるかに超えているのは間違いなさそうだ。

解せないのは、敵の銃撃に間隙がないことだ。玉込めの間に距離を詰めて馬防柵に取りつくつもりだったが、敵が次々と発砲してくるため、それができない。

「申し上げます！」

山県隊からの伝令が、本陣に駆け込んできた。

「敵は、鉄砲の射手一人につき数人の玉込め役をつけ、鉄砲を次々取り替えながら

「射撃しておる由」

「そういうことか」

竹束をもっと用意しておくべきだったか。思ったが、今さらどうにもならない。

雨が上がった時点で、相応の犠牲は覚悟している。

激しい射撃戦は、いつ果てるともなく続いた。どれほどの時が経ったのか、勝頼は戦場を覆う硝煙がいくらか薄くなっていることに気づいた。

玉薬が尽きかけているのだろう。味方の放つ鉄砲が、明らかに少なくなっている。しかし、敵は惜しみなく矢玉を放ち続けていた。

「おのれ」

通常なら、あれだけ撃ちまくれば玉薬はとうに尽きている。信長は鉄砲の数を揃えるだけでなく、とてつもない量の玉薬も携えてきたのだろう。

開戦から一刻半（約三時間）余りが過ぎた頃、鳶ノ巣山砦陥落の報せがもたらされた。守将の武田信実（のぶざね）は善戦したものの、衆寡敵せず（しゅうかてき）討死にして果てたという。

勝頼に動揺はなかった。信実が討たれたのは誤算だったが、元より捨てるつもりだった砦だ。この戦に勝てば、後で容易に取り戻せる。

「これで、我らは退路を断たれたことになる。生きて甲斐へ帰るには、正面の敵を打ち破るしかない」

勝頼の言葉に、本陣詰めの諸将は表情を引き締めた。

「第二陣、出せ。竹束で防ぎつつ、敵に矢玉を消費させるのだ」

右翼の真田・土屋隊、左翼の内藤・小山田隊が押し太鼓を鳴らしながら敵陣へ向かっていく。

増援を受けた味方が、左右両翼で前進を再開した。山県隊はその数を減じながらも、味方の援護射撃を受けつつ徳川軍前面の逆茂木を取り払い、馬防柵を引き倒そうと縄をかけている。右翼でも、馬場隊が突出して陣城に取りつき、真田隊も後に続いた。

押せ。押しきれ。勝頼は心の中で念じた。

その思いが通じたかのように、敵左翼前面の馬防柵が引き倒された。馬場・真田隊と向き合う佐久間信盛隊は混乱に陥り、第一の柵を放棄して後退していく。退路を断たれたことで、味方の戦意は逆に増している。

あれほど戦場を覆っていた銃声が、今は思い出したように鳴り響くだけだ。戦いはすでに、得物を取っての白兵戦に転じている。こうなれば、精強な武田軍が圧倒的に有利だ。

佐久間隊を追って敵陣に攻め入った馬場・真田隊は間もなく二の柵も破り、三の柵まで迫っている。南に視線を転じると、山県隊も柵を次々と抜き、徳川軍に肉薄していた。続く内藤・小山田隊も戦列に加わり、徳川兵を追い散らしていく。

「信長は、いまだ動かぬか」

彼方の茶臼山を見据え、勝頼は呟いた。

ここから見る限り、信長本陣に乱れは窺えない。陣城は方々で破られ、徳川軍も敗走寸前。それでもなお、信長は踏みとどまるつもりなのか。ここに至っても、勝機があると見ているのか。

「いいだろう」

勝頼は、従者に馬を命じた。

「御屋形様、いかがいたします？」

曳き出された馬に跨り、光堅の問いに答える。

「知れたこと。温存した信豊、逍遥軒らの隊に我が旗本を加え、敵陣中央を突き破る」

敵中央は山県・馬場隊を食い止めようと、左右両翼に兵を割いている。中央突破を図る絶好の機だった。

「なりませぬ。いまだ、大勢は決しておりませぬ。せめて、山県殿が家康の首級を挙げるまでは本陣に……」

「わしが前に出ることで、大勢を決するのだ。家康の首は山県に与えよう。わしは、信長が首を獲る」

なおも食い下がる光堅を振り払い、総攻めを下知した。

右翼では馬場・真田隊に土屋、穴山らの諸隊が加わり、ついに三の柵を破ってさらなる前進を続けている。このまま茶臼山まで攻め上り、信長本陣を狙うつもりだろう。

「我らも後に続くぞ。甲州侍の戦ぶり、尾張の弱兵どもに見せつけてくれん」

旗本衆から鯨波が上がった。信豊、逍遥軒らの隊にも伝播し、地響きのように戦場に轟く。勝頼の手元にある兵は、およそ五千。長く味方の戦いを傍観させられていたに、表情には闘志が漲（みなぎ）っている。

開戦から二刻（約四時間）余。日は、すでに中天に達しつつあった。これ以上長引かせれば、先手衆の疲労が限界に達し、やがては数の差で押しきられる。鳶ノ巣山砦を襲った敵が引き返してくる恐れもあった。今が、勝敗を決する時だ。

信長の首。声に出さずに呟くと、背中にじわりと汗が滲んだ。自分は今、父を、そして信長を超えようとしている。

連子川の手前まで進んだ時、右手前方から使い番の馬が駆けてきた。見ると、かなりの深手を負っている。

「右翼諸隊、茶臼山北方の山中から突如現れし新手に押し包まれ、壊滅。真田信綱、昌輝様、お討死に！」

「馬鹿な！」

勝頼は声を荒らげ、前方に目を凝らした。だが、正面の丘陵に遮られ、馬場隊らの姿は見えない。

「敵の旗印は？」

「はっ。明智、羽柴のものと見受けられまする。その数、合わせて一万余」

明智光秀、羽柴秀吉の両将は畿内にあって、それぞれ大坂本願寺と越前門徒に対していたはずだった。それがなぜ、この三河にいるのか。

勝頼は戦場の地形を思い浮かべた。

茶臼山の北には、さらに高く深い山が連なっている。信長はそこに、明智、羽柴の隊を隠していたのだ。敵の兵力を読み違えていた以上、この戦の前提はすべて覆る。

落ち着け。動揺しかける自分に言い聞かせた時、馬蹄の響きが近づいてきた。赤い具足。山県隊の使い番だ。

「注進。山県昌景様、敵の鉄砲を受けお討死に。徳川勢、反撃に転じ我が方は被害甚大！」

思わず、勝頼は手にした采配を取り落とした。周囲の旗本や一門衆も声を失っている。

山県を失った今、家康の首を獲るのは絶望的だった。それどころか、右翼に続いて左翼まで壊滅しかねない。手元に残る兵を徳川軍に当て、左翼を支えるか。いや、これ以上踏みとどまれば、自軍の損害が増すばかりだ。

逡巡している間にも、次々と報せがもたらされる。右翼では土屋昌続、左翼では武勇に秀でた原昌胤に加え、内藤昌秀までもが討死にした。

敗けるのか。開戦以来はじめて、勝頼は恐怖を覚えた。そして、自分がこれまで一度も戦場で敗れていないことに気づく。敗北とは、これほど苦く、口惜しいものなのか。屈辱と自分自身への怒りで、胸が押し潰されそうになる。

超えられなかった。父を、そして信長を超えるなど、己には過ぎた望みでしかなかったのだ。

「御屋形様、もはやこれまでかと。急ぎ、ご決断を」

光堅が馬を寄せ、囁いた。

「生を欲する者は、退却せよ。わしは、このまま敵陣に斬り込む」

「なりませぬ！」

手綱を握る勝頼の腕を、光堅が強く摑んだ。

「御屋形様は、四百五十年続いた武田家を滅ぼされるおつもりか！」

「放せ。わしとて誇りはある。このままおめおめと生き恥を晒すは、武田家当主の名折れであろう」

「当主であるがゆえに、恥辱に塗れてでも生き延びねばならぬのじゃ。この敗北から武田の御家を立ち直らせることこそ、御屋形様の務め、いや、死んだ者たちへの償いにござろう！」

鬼気迫る表情に、勝頼は気圧(けお)されそうになった。はじめて聞く、光堅の怒声だ。敗戦の責めを負って死ぬことすら許されない。当主の地位とは、かくも重いものだったのか。父も、そして信長も、この重さに耐えてきたのだろう。歯を食い縛り、勝頼は命じた。

「退却いたす。退(の)き貝を吹け」

甘かったのだ。馬首を巡らせながら、勝頼は思った。

信玄の威光に縋(すが)り、武田軍の精強さを過大に評し、信長を侮っていたのは、他ならぬこの自分だ。背水の陣を布きながら、すべてを捨てて勝ちを取りに行く覚悟がなかった。

そして信長は、倍する兵を擁しながらなお、勝つためにあらゆる手段を尽くしていた。信玄が死した後も、驕(おご)ることなく己を高め続けてきたのだ。

振り返り、彼方の信長本陣を見据える。

あそこには、届かなかった。だが、まだ終わったわけではない。この命がある限り、あの高みを目指し続けよう。

心に誓い、勝頼は馬腹を蹴った。

五

三河設楽原の決戦から七年足らず。長かったのか、それとも短かったのか、勝頼にはわからない。

だがあの敗戦から、武田家は確かに立ち直りつつあった。

多くの宿老が討死にしたことで、皮肉なことに家臣の世代交代が進み、領国経営はずいぶんとやりやすくなった。土屋昌恒（まさつね）や、武藤喜兵衛改め真田昌幸（まさゆき）といった、有能な若手も育っている。

外交面では、相模北条家から正室を迎えて同盟関係を強化し、父の代からの宿敵だった越後上杉家との和睦にも成功した。加えて、大坂本願寺と安芸（あき）毛利（もうり）家とも同盟を結んだことで、再び対織田包囲網が形成されている。

しかし、天はまたしても信長に救いの手を差し伸べた。織田家と手切れした上杉謙信が、病で急死したのだ。

上杉家では謙信の二人の養子、景勝（かげかつ）と景虎（かげとら）による内乱が勃発。勝頼は北の国境安定のため景勝支持に回り、さらには謙信死去で動揺する東上野を版図に収める。だが、これによって景虎を支持する北条家との関係が悪化し同盟は決裂、武田家は東にも敵を抱えることとなった。

勝頼は上野、駿河で北条との戦いを優位に進めつつ、織田家との和睦を決意する。武田家が生き残るためには旧怨を捨て、時を稼がねばならない。

あらゆる伝手（つて）を通じて織田家との交渉を進める一方、新たな国造りにも着手した。設楽原の戦で思い知らされたのは、織田家の銭の力だった。膨大な量の鉄砲と玉薬、大量の兵士と、それを賄う兵糧。すべては銭あってのものだ。

時代は、個々の武勇や用兵術を競う争いから、経済による戦いへと移っている。年貢収入に頼る旧態依然とした体制から、商業を基礎とする新しい国へと生まれ変わらなければ、武田家に未来はない。

その最初の一歩が、真田昌幸に主導させている新府城造営だった。武田家累代の居館が置かれた躑躅ヶ崎（つつじがさき）を捨て、交通の要衝である韮崎に本拠地を移すのだ。城下町を拡げ、商人を多く集めて物流を活発にする。築城のため、一時は領民に重税をかけることになるが、いずれは信玄時代をはるかに凌ぐ莫大な富を生むはずだった。だが新府築城を開始した矢先、徳川軍によって高天神城が陥落する。そして信長は、この時を待っていたかのように、和睦交渉を一方的に打ち切った。

「最初から、和睦に応じる気などなかったということか」

そのなりふり構わないやり口に、怒りを通り越して感銘すら覚えた。卑劣さと表裏一体の権謀術数は、まるで父・信玄を見ているかのようだ。

そして天正十年二月、東の国境を守る木曽義昌が織田家に寝返り、信長は武田家追討を宣言する。

信長は一昨年に大坂本願寺を降し、毛利との戦も優勢に進めている。西の憂いが消えた信長は躊躇うことなく大軍を投じ、徳川、北条もこれに加わった。

二月六日、敵は瞬く間に国境を越え、武田領に雪崩れ込んだ。武田逍遥軒は戦わずして逃亡、駿河江尻城代の穴山信君をはじめ、各地の領主は次々と敵に寝返った。信濃の拠点・高遠城はわずか一日で陥落し、勝頼の弟・仁科盛信は自害して果てている。

十六日には浅間山が炎を噴き上げ、領内の混乱に拍車をかけた。人心は動揺し、武田家滅亡の予兆だと囁き合っている。

「御屋形様。ここは真田殿の進言に従い、ひとまずは上野岩櫃城へ移られませ。然る後に上杉へ援軍を求めれば……」

重く沈んだ軍議の場で、光堅が口を開いた。居並ぶ家臣は、わずか十名程度。他の家臣は多くが勝頼を見限り、それぞれの領地へ引き上げている。

「ならん。今の上杉では、織田家に太刀打ちできまい。上野に移ったところで、先は見えておる」

「されど」

「まだ、策はある」

勝頼は新府よりさらに東の甲斐岩殿城へ移り、小山田信茂と合流するつもりだった。敵の大軍を甲斐の奥深くまで引き込んだところで、信濃・上野の軍勢で敵の背後を脅かす。敵は大軍であるだけに、兵站さえ断てば崩れるのは早い。

「それでまことに、勝てるのですか？」

訊ねたのは、元服して太郎信勝と名乗りを改めた武王丸だった。

「我らに残された手勢はわずか数百。岩殿へ移ったところで信濃、上野の味方が呼応するとは限りませぬ。このままじわじわと嬲り殺されるよりも、この城で華々しく散るべし。一同、そうは思われぬか」

家臣たちは項垂れ、答える者はいない。勝頼に向き直り、信勝は続ける。

「武田の家が滅ぶは、天の定めたところ。今さら足掻いたとて、どうなるものでもありますまい。ならば父上、せめて最後だけは、美しく滅びましょうぞ」

岩殿に逃れたところで、勝てる見込みは千に一つ、いや、万に一つあるかないかだろう。だが、ここで流されるわけにはいかない。歯を食い縛り、勝頼は首を振る。

「岩殿へ向かう。これは、決定である。従えぬ者は新府に残り、織田家に降るがよい」

議論を打ち切ると、幾人かの口からすべてを諦めたような吐息が漏れた。

三月三日、勝頼は新府の城と町に火を放ち、六百の手勢と妻子を引き連れ東へ向かった。だが、岩殿へ続く道は小山田の兵が固め、勝頼一行が近づくや、弓鉄砲を射かけてきた。

「小山田までもが寝返るとはな」

ここで腹を切るか。脳裏によぎった考えを、気力を奮い立たせて追い払う。転進して天目山を目指したものの、そこでも地侍が一揆を起こし、勝頼一行の入山は阻まれた。手勢は櫛の歯が欠けるように逃げ散り、今や戦える者は四十一人まで減っている。

流浪の末、一行は天目山の麓の田野にたどり着き、無人の百姓家に入った。新府を捨てて八日。誰もが疲れ果て、口を開く者もいない。

「まだ、戦われるおつもりですか」

重苦しい沈黙を破ったのは、信勝だった。

「信濃、駿河は敵の手に落ち、父上の策も破れました。それでもまだ、御自害はなされぬと？」

一同の視線が注がれる中、信勝はなおも訴えかける。

「これ以上、恥を晒しながら生き続けて、いったい何になるというのです。名門武田の最後は浅ましく、惨めなものであったと後の世の嘲笑を受けるばかりではありませぬか。私は武田家の男子として潔く、美しく散りとうございます。父上、何卒

「……」

声を震わせながら訴える信勝の目から、涙がこぼれ落ちる。家臣たちからも、啜(すす)り泣く声が聞こえてきた。

「皆、聞いてくれ」

一同が静まり返る中、勝頼は口を開く。

「武田の家を継いで以来、わしは考え続けてきた。天は何故、叡山を焼き払い、何万もの一向門徒を撫で斬りにした信長を選び続けるのか、と。だが、答えなど出るはずもない。わかったのは、信長はいずれ、天をも従えるつもりであるということだけだ」

信長が築いた安土城の一角に、摠見寺(そうけんじ)という寺がある。その寺に祀られた石を、信長は自分自身として崇めるよう触れを出したという。あの男はついに、自らが神であると宣言したのだ。

「信長が目指しておるのは、天の下を統べることではない。天そのものになることよ。それが果たされれば、信長の意思こそが天道となる」

そして、ひとたび膨張をはじめた〝信長の天下〟が、この国の中だけでとどまることはないだろう。日ノ本六十余州を制した後は海を越え、朝鮮、明国、さらには天竺、南蛮までをも呑み込もうとするはずだ。

「それで、父上は何を……」

「潔く死するは甘美であり、世人から褒めそやされもしよう。されど、恥辱に塗れてでも生き延び、最期の瞬間まで足掻き続けることこそが、人としての本分であろう。我は、人であることをやめぬ」

一呼吸置き、勝頼は続けた。

「信長が、我こそが天道たらんと望むのであれば、わしは人の道を歩みたい。たとえ天に選ばれずとも、足掻き、浅ましくもがき続けることで、人としての己が生をまっとうせん。それこそが、我が歩む人の道である」

勝頼の言葉に、異を唱える者も賛同する者もいなかった。

元より、理解を求めるつもりもない。一人きりになっても、勝頼は己が見つけた道を最後まで歩き続けるつもりだった。

「奥よ」

勝頼は正室の北条夫人に呼びかけた。

五年余り前に勝頼のもとへ嫁いできた妻は、十九歳になっている。典型的な政略結婚だったが、夫婦仲は悪くない。北条家と手切れになった後も、勝頼は妻を正室として遇し続けている。

「護衛の人数を付けるゆえ、そなたは侍女たちを連れ、相模へ向かうがよい。山は深いが、ここからならば、女子(おなご)の足でも逃れることはできよう」

「まさか御屋形様は、私を逃がすため、ここまで……」

それには答えず、勝頼は妻の目を見て続けた。

「そなたはまだ若く、子もおらぬ。実家へ帰り、誰ぞ別の男のもとへ嫁ぎ、穏やかな生を送るのだ」

「お断りいたします」

穏やかな微笑を湛え、妻は拒絶した。

「御屋形様のお言葉を借りれば、想い人と最期を共にしたいと思うは、女人の道。私も、その道を歩み続けとうございます」

勝頼は苦笑した。物腰は柔らかいが、芯の強い女子だ。無理強いすれば、躊躇いなく自害して果てるだろう。

「さようか。ならば、好きにいたせ」

不意に、慌ただしい足音が響いた。

「御屋形様、敵勢が近づいております。その数、およそ五百。滝川左近将監が兵かと」

「では、まいるとするか」

勝頼が立ち上がると、家臣たちも続いた。

「山中へ逃れ、抗戦を続ける」

父は、十年耐えれば信長は高転びに転ぶと言った。あれから九年が経っている。今この瞬間にも、織田の家臣が信長に刃を向けているかもしれない。たとえ目に映らないほど小さくとも、希望は皆無ではない。

「信勝、そなたに五人ばかり付ける。女子衆を連れて、先に行け」

「父上は……」

「わしは残りを連れて一戦し、敵を足止めしてから後を追う。急げ」

「御屋形様、ご武運を」

勝頼の手を握り、妻が言った。

「そなたと過ごした月日は、短いが、我が宝であった。そなたがいてくれたおかげで、心折れることなく大名としての務めを果たせたのだ」

「何を仰せになられます。今生の別れでもありますまい」

「そうであったな。すぐに追いつくゆえ、しばし待て」

踵を返し、槍を取って外に出る。信勝がわずかな護衛と北条夫人、十数人の侍女たちを連れて駆け去るのを見届け、勝頼は命じた。

「弓、鉄砲、前へ。斉射の後、一丸となって敵中へ斬り込み、敵が崩れたところで退く。命を惜しめ。名を捨てよ。生きることこそが、戦ぞ」

敵はこちらを小勢と侮り、陣形もなくばらばらに向かってくる。

鉄砲は五挺、弓は十二張。勝頼の下知で、一斉に放たれた。先頭を駆ける雑兵が数人倒れたが、敵は数を恃みに前進を止めない。

「土屋右衛門尉　昌恒、先駆け仕る」

大音声を上げ、昌恒が刀を手に駆け出す。勝頼と三十余人も、その後に続いた。

「いずれ名のある将ぞ。討ち取って手柄とせよ！」

敵将が叫び、雑兵が勝頼に群がってきた。槍を縦横に振るい、五人、六人と突き伏せていく。

喚声、悲鳴、地鳴りのような足音。慣れ親しんだ、戦場の音色。目の前に迫った槍の穂先が、頬を掠めた。鋭い痛みと共に、兜が飛ぶ。二の腕を浅く斬られた。血脂が捲いた槍を捨て、刀を抜く。正面の雑兵の目を抉り、返す刀で別の敵の喉を裂く。背中に槍を受けた。折れそうになる足に力を籠め、刀を振る。顔面を斜めに斬り裂かれた敵兵が、悲鳴を上げてのたうち回る。

生きるために殺す。今は、その罪業さえも愛おしい。背負った罪の重さも、己の生きた証だ。

十数倍の敵を相手に、味方は圧倒的に押している。中でも、刀で敵兵を斬って回る昌恒の戦ぶりには鬼気迫るものがあった。

見ているか、信長。これが武田の武人だ。これが、人の強さだ。

気づくと、敵が退きはじめていた。いったん下がって、態勢を立て直すつもりだろう。味方も、十人ほどが倒されている。

「退くぞ。続け」

踵を返し、駆けた。後ろから、敵の放つ矢玉が追ってくる。倒れる者が続出したが、足を止めるわけにはいかない。山へ分け入り、狭い坂道を駆け登った。

気づくと、味方はちりぢりになっていた。側にいるのは、昌恒ただ一人だ。

どれほど坂を登ったのか、後方から追手の声が聞こえてきた。

「御屋形様、ここはそれがしが」

昌恒の声。踏みとどまって、敵を食い止めるつもりだろう。頷き、さらに山を登る。

息が上がる。傷が痛む。かなりの量の血を失い、視界が霞む。それはすべて、生きている証だ。

坂が終わり、いくらか開けた場所に出た。

見えたのは、十人ほどの敵兵だった。そしてその足元に、十数人の男女が倒れている。

「武田の将か」

一人の武者が、槍を構えて訊ねた。答えず、勝頼は倒れた男女に目を向ける。

ここまで逃げてきたところで、この者たちが襲いかかってきたということか。男はいずれも首を獲られ、女たちは自害して果てたのだろう。

「答えよ。武田の将だな」

重ねて訊ねた武者の腰に、首級が結わえつけられている。

「その若武者の首を獲ったは、そなたか？」

「いかにも」

「その者は、果敢に戦ったのだな？」

「若きに似ず、見事な最期であった」

「さようか。ならばよい」

ほんの束の間、瞑目した。

父らしいことなど、何一つしてやれなかった。信玄のような父親にはなるまい。そう心に決めていたが、それさえも果たせなかった。だが、それも天の定めた道なのだろう。

目を開き、刀を構えた。

「武田大膳大夫勝頼である。討てるものなら、討ってみよ」

名乗るや、敵兵が一斉に動き出した。

勝頼も踏み出し、刀を振り下ろす。槍の柄に当たった刃が、高い音を立てて折れた。敵の槍が、脇腹に突き入れられる。さらに一本、二本。腹の底から噴き上げた熱い血が、口から溢れ出す。

視界が目まぐるしく回り、いつの間にか地面に倒れていた。青く澄み渡る空に、日輪が輝いている。痛みも苦しみも、死の恐怖さえも、すべてが遠い。

どうやら、ここまでのようだ。

信長。かなうことなら、一目なりとも会ってみたかった。

だがもう、思い残すことはない。天を恨まず、人を責めず、闇から闇の道に迷い、苦難の淵に沈もうとも、己が足で歩み続けた。それで、十分ではないか。

視界の隅に、妻の顔が見えた。穏やかな、眠るような表情。今頃は信勝と共に、彼岸で夫を待ちわびているのだろう。

敵兵の一人が、勝頼に馬乗りになった。何か叫んでいる。名乗りを上げているのだろうが、耳に入らない。敵兵は脇差を抜き、勝頼の首に押しつけた。

信長殿、彼岸にて会おう。

声に出さず呟き、勝頼は目を閉じる。

第五章　天道の旗

一

——こ奴らは弱い。

広間に居並ぶ一族郎党を上座から見回しつつ、明智十兵衛光秀（あけちじゅうべえみつひで）は心中で呟いた。

「敵は、明朝にも総攻めを仕掛けてまいろう」

隣に座る叔父の光安（みつやす）が、一同に向かって重々しく語りかけた。皆一様に、具足に身を固め、固い決意の漲（みなぎ）った面持ちで光安の言葉に耳を傾けている。

「我ら明智一門は心ならずもこの十数年、どこの馬の骨とも知れぬ油売りの倅（せがれ）に膝を屈してまいった。今また、蝮（まむし）めの息子がこの美濃（みの）を獲ろうとしておる」

弘治二年九月。光秀が名目上の城主を務める美濃明智城に、斎藤義龍（さいとうよしたつ）の軍勢が迫っていた。

義龍はこの四月、〝美濃の蝮〟と称された父・斎藤道三を長良川の戦いで討ち果たし、美濃一国を掌中に収めようとしている。明智一門の事実上の当主である光安は、かねてから道三方に属し、義龍に敵対してきた。道三が討たれた後も義龍への恭順を拒み、籠城を続けている。

「美濃一国は、義龍めの手に落ちるであろう。だがこれ以上、美濃の名門土岐氏の流れを汲む明智家の名を穢すことに、わしは耐えられぬ。明日の一戦にて、土岐氏の意地を示さん」

「おお」と声を揃える一同を、光秀は醒めた思いで見つめていた。

結局、時勢を見極められない光安の愚かさが、この事態を招いている。それに気づかないか、気づいていてもなお、名門の意地とやらに固執しているのか。いずれにしても、愚かな話だった。

「十兵衛。皆に言葉を」

促され、光秀は辟易しながら口を開いた。

「この十兵衛、方々の勇戦力闘に期待しておる」

投げやりな口調に鼻白みながらも、光安は取り繕うように最後の酒宴を命じた。

宴がはじまっても、光秀に話しかけてくる者はいない。ここにいる者の大半は光秀を、役にも立たない学問しか能のない愚物と思っているのだ。

父である明智家先代当主・光綱（みつな）は、光秀が八歳の時に死んだ。当時、美濃の覇権を握りつつあった斎藤道三に城を囲まれ、降伏の条件として自害して果てたのだ。代わって、道三のもとに馳せ参じていた光安が、光秀の後見役と称して明智城に入り、それ以後二十年にわたって一門を切り盛りしている。今では周囲のほとんどが、明智家当主を光秀ではなく、光安だと見ていた。

その間、光秀は叔父に一切逆らうことなく、飾り物の当主として振る舞ってきた。実際、家中の者たちは自室に籠もり書見ばかりしている光秀を、文弱の徒として蔑みの目で見ている。

だがそんな日々も、今日で終わりだ。

光安らが寝静まった頃、光秀は一族で近習（きんじゅ）役の三宅弥平次（みやけやへいじ）一人を連れ、城を抜け出した。明日には、この城は落ちる。光安らは城を枕に討死にし、明智一門はいったん滅ぶだろう。

光秀は、ここで死ぬつもりなど欠片もなかった。あの者たちは愚かで、弱いがゆえに滅びる。しかし光秀はいまだ、己の賢愚も強弱も、自分が何者であるのかも知らない。

「燃えておりますな。我らの城が」

翌日、明智城の方角に立ち上る煙を遠望しながら、弥平次が言った。

「他に、道はなかったのでしょうか」

「あの者たちは、弱い。弱き者を抱えたまま、明智家が大きくなることはできん。強く、大きくなる。そのために一度、明智の家は滅びねばならんのだ」

理屈では理解できても、割り切ることはできないのだろう。弥平次は足を止めたまま、空を見上げている。

「心を残すな。我らの目指す高みは、彼の地にはない」

幼い頃から親しんできた書物は、城に置いてきた。書物で得た知識はすべて、頭の中にある。あとは、己の目でこの乱世を見定め、己の足で歩む。

人間五十年と言われる世にあって、二十九歳は若くはない。過去に拘泥し、足を止めている暇は、残されてはいない。

光秀は懐から、折り畳んだ旗を取り出した。

水色の生地に、白く染め抜かれた桔梗の紋。土岐氏の、そしてその流れを汲む明智一族の旗だ。数代前から受け継がれたこの旗だけは捨てる気になれず、密かに持ち出してきた。

いつか、この旗を掲げて歴史の表舞台に立つ。土岐明智の名を、十兵衛光秀の名を、歴史に刻む。

自分が何者なのかわからずとも、その望みだけははっきりとしている。

二

この者たちも、同じか。

永禄九年九月。越前一乗谷の朝倉館で、光秀は小さな嘆息を漏らした。

広間には歌舞音曲の音色が響き、果てることなく酒宴が続いている。そこで談笑する光秀の主君と家臣たち、そしてこの館の主である朝倉義景主従。いずれも取るに足らない俗物としか、光秀には思えなかった。

居たたまれない気分で、光秀は回り廊下へ出た。北国の秋は早い。不惑を目前に控え、いくらか酒に弱くなった身に、冷たい風が心地よかった。

明智城の陥落から、十年が過ぎていた。あれから、光秀は諸国を巡って見聞を広めながら仕官先を探し、今は主君となった足利義秋(あしかがよしあき)の家臣となっている。

義秋は前征夷大将軍・足利義輝(よしてる)の弟だった。元は大和興福寺で出家の身にあったが、義輝が三好(みよし)・松永(まつなが)一党に謀殺されると還俗し、自らが将軍となるべく、諸国の大名に上洛への協力を求めていた。義秋が越前一国を領する北国の雄・朝倉家を頼ってこの越前を訪れたのは、ほんの数日前のことだ。

だが光秀の見る限り、朝倉主従に上洛して三好・松永と戦うような覇気はない。いずれまた、他の大名を頼ることになる。甲斐の武田(たけだ)か越後の上杉(うえすぎ)、あるいは安芸(あき)の毛利(もうり)あたりだろう。

義秋本人に、将軍として天下を治める器量などありはしない。兄の死によって自身が将軍になる目が出てきたことで、分不相応な野心を抱いただけの凡人だ。

その義秋に仕官したのは、上を目指すためだった。土岐氏に連なる名門とはいえ、光秀は何の実績もないただの牢人にすぎない。今さら強大な大名家に仕官したところで、出世は難しい。

その点、前将軍の弟でありながら領地も持たず、家臣もほとんどいない義秋ならば、実力次第でのし上がることができる。義秋とそれを支援する有力大名の間に立てば、いずれ天下の政（まつりごと）に関わっていくことも、不可能ではない。

だがそれには、義秋を将軍の座に就けるのが大前提だった。

「明智殿。こちらにおられたか」

声をかけてきたのは、細川藤孝（ほそかわふじたか）だった。

足利義輝の旧臣で、三好・松永らによって興福寺に幽閉された義秋を救出したのが藤孝だった。義秋家臣団の中では最も有能で、信の置ける相手だ。

「貴殿も、朝倉主従は頼りにならぬとお思いか」

声を潜めつつも、藤孝は率直に訊ねる。

「朝倉家臣たちの顔つきを見れば、おおよそ察しはつきまする。義景殿は、表向きは歓待しつつも、内心では上様を厄介な荷のように思うておるのでしょう」

「で、あろうな。しかし、上洛する気はなくとも、すぐに追い出すつもりもないようだ。しばしこの地にとどまり、別の大名に当たる他あるまい」

「とはいえ、事はそう簡単には運びますまい。武田と上杉は川中島を巡って合戦を繰り返し、毛利は畿内からあまりに遠い」

「されど、諦めるわけにはいかぬ。日ノ本にあるべき秩序をもたらすには、上様を征夷大将軍の座に就け、幕府を再興する他ないのだからな」

光秀は心中で嗤(わら)った。藤孝は武人というよりも文人肌で、和漢典籍に通じ和歌や茶の湯にも造詣が深い。だがその分、戦乱を厭(いと)い、現実よりも理想を追い求める傾向が強かった。

光秀に言わせれば、足利幕府の再興など夢のまた夢だ。義秋の器で務まるのはせいぜい、飾り物の将軍だけだ。次に天下に号令をかけるのは、義秋を奉じて上洛する大名だろう。光秀は、義秋を踏み台にその大名家に取り入り、上を目指すつもりだった。

「明智殿」

藤孝がこちらに向き直り、改まった口ぶりで言う。

「我らの目指す場所はいまだ遠く、その道のりには数多(あまた)の苦難が待ち受けていよう。

だが、信念を曲げず、諦めることなく進み続ければ必ず道は開けると信じようではないか」

「細川殿のお志、感服仕(つかまつ)ります」

「何の。我らの望みが果たせるか否かは、貴殿の働きにもかかっておるのだ。明智殿の才覚、上様もそれがしも、頼みに思うておるぞ」

「お言葉、ありがたく胸に刻んでおきまする」

答えると、藤孝は邪気の無い笑みを返してきた。

仕官を求める光秀の才を認め、義秋に推挙したのは藤孝だった。それについては感謝しているが、藤孝の志とやらに殉じるつもりは微塵もない。それでも、童のように理想を語る藤孝の顔が、光秀には眩しいもののように思えた。

幼い頃から、周囲の大人たちが救い難い愚か者にしか見えなかった。

わずかな領地を奪い合い、戦や謀(はかりごと)に明け暮れる。保身のために他人を陥れたかと思えば、武人の意地などという、愚にもつかない理由で死に急ぐ。そうした乱世の営みに、いかなる意味があるのか。光秀の家督相続を条件に腹を切った光綱のことも、理解はできなかった。

光安が我が物顔で明智城に居座るようになると、光秀は逃げるように書物の海を漂った。

歴史書、兵法書、医術書から歌物語にいたるまで、あらゆる書物を読み漁る。だが、自分は何者なのか、この乱世で何を為すべく生まれてきたのかという問いの答えを、書物の中に見出すことはできなかった。

ならば、身をもって乱世の中へ飛び込むまでだ。そう決意して諸国を流れ歩くうち、天下には藤孝のように優れた人物が多くいることがわかった。だが、自分の才覚が彼らに劣るとは思わない。十年近い流浪の中で、戦の場に出て、人も斬った。幾度も修羅場をくぐり抜けてきたこの身には、天運も備わっているはずだ。己の力量を活かせる場は、どこかに必ずある。今はまだ、その場に出会えていないだけだ。

そう信じていても、時は徒(いたずら)に流れていく。朝倉義景は一向に上洛軍を起こさず、義秋主従は苛立(いらだ)ちを募らせるばかりだった。

藤孝から、美濃へ使いをするよう頼まれたのは、永禄十一年の春も終わろうかという頃だった。

織田上総介信長。その名は、明智城にいた時分から何度も耳にしている。最初は、尾張の大うつけとして。次は、実弟を謀殺して尾張を制し、さらには桶狭間で今川義元を屠った器量人として。そして今は、美濃から北伊勢の一部まで版図に加えた堂々たる有力大名に成り上がっていた。

「しかし藤孝殿。織田殿は先年、上洛の約定を反故にいたしておりますぞ」

信長は一昨年、義秋のために上洛の兵を挙げた。だが、その途上で斎藤家の軍に襲われ、敗れて尾張へ逃げ帰っている。義秋は、「信長、頼むに足らず」と見限っていた。

「確かに。だが今は、斎藤家を滅ぼし美濃全土を掌中に収めておる。前回の轍は踏むまい。加えて、上様は今、焦りに焦っておられる」

「義栄公にござるか」

藤孝が頷く。この二月、京を支配する三好三人衆はもう一人の将軍候補、足利義栄を擁立し、将軍宣下を受けさせていた。その報せを受け、義秋は焦りと苛立ちを募らせている。

「ですが織田殿は、昨年八月に美濃を平定したばかり。すぐに上洛軍を出せと言っても、受けるか否か」

「朝倉家は元より、武田、上杉、毛利、どこも言を左右にして、腰を上げようとはせぬ。最早、頼れるのは織田家のみ。美濃は貴殿の生国。しかも、織田殿の正室は、貴殿と縁戚であろう」

「ではありますが」

斎藤道三の娘にして信長の正室・帰蝶は、光秀の遠い親戚に当たる。とはいえ、ほとんど顔を合わせたこともなければ、文のやり取りもしていない。

「難題は承知の上。そこを、曲げてお頼み申す。貴殿の才覚にて、織田殿を説き伏せてもらいたいのだ」

藤孝に深々と頭を垂れられては、断ることはできない。信長宛ての書状を持たせた使者を先発させると、旅装に身を固めて越前を発った。

かつての斎藤家の居城、稲葉山は信長によって岐阜と改められていた。

周の文王が天下統一の拠点とした岐山、孔子の生地である曲阜から一字ずつ取ったという。その名付けに、信長という男の野心が垣間見える。

「天下布武、か」

人で賑わう岐阜の城下を歩きながら、光秀は呟いた。美濃を制した信長は、自身の朱印に〝天下布武〟の印章を用いている。

「〝天下に武を布く〟とは、なかなかに大言を吐く御仁にござるな」

呟きを聞きつけた弥平次が応じるが、光秀は頭を振った。

「さにあらず。『春秋左氏伝』宣公十二年の条に曰く、武に七徳あり。七徳とは、暴を禁じ、兵を治め、大を保ち、功を定め、民を安んじ、衆を和せしめ、財を豊かにすることだ。つまり織田殿のご意志は、この乱世を終わらせ、泰平の世を築くところにある。先年、上洛軍を起こされたのも、その意志を果たさんとしてのことであろう」

「ならばよろしいのですが」

岐阜城下には、斎藤家時代をはるかに上回る家が建ち並び、歩いているだけでも多くの人、物、銭が集まっているのがわかった。聞けば、信長は商いの特権を有する座を廃し、税を軽減して多くの商人を岐阜城下に集めているという。銭を持つ者は強い。そして信長は、銭の集め方、回し方を心得ている。

岐阜城は、町を圧するようにそびえる金華山に築かれている。通常、山に築かれた城は戦時に籠もるためのものであって、居住するものではない。どれほど堅固な山城でも、主は麓に築かれた居館で暮らしているものだ。だが信長は、平時から山頂の城で起居しているという。

信長は当年三十五。光秀よりも、六つ年少だ。かつて大うつけと呼ばれていた男は、才と運に恵まれ、はるかに仰ぎ見るほど大きくなっている。複雑な思いを抱えつつ、案内の者に従い険しい山道を登った。

信長の御座所は、山頂に築かれた櫓の中にある。汗を拭い、烏帽子を整え直して待つと、すぐに忙しない足音が聞こえてきた。平伏すると、いきなり甲高い声が降ってくる。

「顔を上げよ。つまらぬ挨拶などするなよ。わしは、時を無駄にいたす者は好かぬ」

言われた通りに顔を上げる。金糸銀糸をふんだんに織り込んだ衣装に、光秀は内心で眉を顰めた。

色が白く、細い顎。薄い髭を蓄える整った顔立ちは、武張ったところがまるでなく、優男とさえ感じる。しかしその眼光はここが戦場であるかのように鋭く、総身に覇気が漲っていた。

信長は作法など鼻で笑うかのように片膝を立て、露骨に品定めする視線を向けてくる。なるほど、うつけを演じていたのではなく、これが織田信長という男なのだろう。

義秋の使者として、これまで多くの大名に会ってきた。いずれも、次期将軍候補の直臣に対してへりくだるか、自分を大きく見せようと見え透いた虚勢を張っていた。だが信長は、そのどちらにも当てはまらない。存外、こうした男が大事を成すのかもしれない。

「では、率直に申し上げまする」

上洛を望む義秋の意を述べる間、信長は退屈そうに脇息にもたれかかっていた。

「天下静謐(せいひつ)のため、織田様には何卒、お力添えを……」

「かなうか？」

「は？」

「当家は美濃を制して日が浅い。上様を擁して上洛いたすこと、かなうか否か、訊ねておる」

　極端に言葉数を惜しむ質らしい。束の間思案し、光秀は口を開いた。

「御家は美濃を制するに先立ち、三河徳川、北近江浅井、甲斐武田と縁組し、盟約を結んでおられます。これは美濃攻略のみならず、将来の上洛を見据えてのものでは？」

　信長は否定も肯定もせず、先を促すように顎をしゃくる。

「残るは南近江の六角家ですが、これは近年の内紛が後を引き、家中の統制が緩んでおります。織田様が大軍を率いて上洛するとなれば、内応いたす者も多く出ましょう。六角勢を鎧袖一触で蹴散らせば、三好三人衆も敵すること能いますまい。攻めるに易く、守るに難い京を捨て、摂津、あるいは本拠の阿波まで退くは必定かと。京を制するは今、この時をもって他にございませぬ」

「京、か」

　信長の呟きに、光秀は確信した。やはりこの男は、京を欲している。

「では、首尾よく上洛したとして、その後はいかがいたす」

「上様は恐らく、褒賞として織田様に管領、もしくは副将軍の地位を授けようとなさるかと」

「上様のもとで、幕府再興に努めよと申すか」

「いえ。上様の仰せはお断りになり、一旦は帰国なさるがよろしいかと」

「ほう」

信長が目を細め、わずかに身を乗り出した。

「上様の望みは、ご自身が天下の政を執ること。されど、兵も銭も持たぬ上様に、天下に号令することはかないませぬ。そのことを、身をもって学んでいただかねばなりません」

「ふむ」

義秋を傀儡（かいらい）とし、政の実権は信長に握ってもらいたい。言外に込めた意味は、正しく伝わったようだった。

「わしが帰国いたせば、三好一党はここぞとばかりに京へ攻め返してまいる。そこを、わしがお救いいたすか。だが、上様が討たれては元も子もあるまい」

「ご安心ください。京に兵を二千も残しておけば、それがしと細川藤孝殿で、織田様の援軍が駆けつけるまで持ちこたえてご覧に入れましょう」

「其の方、わしに劣らず大言を吐く」

信長の口元に、はじめて薄い笑みが浮かんだ。

「だが、面白い」

その目の奥に点る強い光に、光秀は引き寄せられそうになる自分を感じた。

――この男は強い。

わずかに言葉を交わしただけだが、光秀は確信する。

信長は遠からず京に上り、天下に号令する。そして自分は、その片腕となるだろう。

三

永禄十一年九月、名を改めた足利義昭を擁する信長は、徳川、浅井の軍勢を加えた六万の大軍で上洛を開始した。六角承禎は立て続けに支城を落とされ、居城を捨てて落ち延びる。まさに、鎧袖一触だった。

京への道を切り拓いた信長はとどまることなく進軍を続け、上洛を果たす。三好三人衆は各地で敗れ、本拠の阿波へと敗走。三人衆が擁する足利義栄はその直後、病に倒れ没した。

ほどなくして、義昭は正式に征夷大将軍に就任し、畿内は大半が織田家の支配下に収まった。

光秀の進言通り、畿内が一応の安定を見せたところで、信長は軍勢の大半を連れて美濃へ帰国した。そして翌年正月、光秀は再び京へ攻め寄せてきた三好三人衆の軍勢を本圀寺で迎え撃ち、信長の援軍が来るまで食い止めてみせた。

だが信長と義昭の蜜月は、長くは続かない。自らが実権を握れないことに苛立った義昭は諸大名に御教書を送り、信長打倒を策しはじめる。

これも、光秀の予想の範囲内だった。信長は、元亀元年の越前攻めでは浅井家の裏切りで手痛い敗戦を喫したものの、すぐさま姉川の戦いで報復を果たす。だが、大坂本願寺が挙兵し、比叡山延暦寺が反織田派に与したことで織田包囲網が築かれると、信長は苦境に立たされる。

「かくなる上は、叡山を攻めるべきかと」

岐阜を訪れた光秀は、信長に進言した。上洛後、織田からも禄を受けるようになった光秀の立場は表向き、義昭と信長双方の家臣である。二人の主君から禄を得ることは、それほど珍しくはない。

「叡山の悪僧どもは、仏法を修めるどころか商いに励み、武力財力を蓄え、大名同士の争いにまで介入いたしました。であるならば、攻め立てられ、根切りにされたとて文句は言えますまい」

「だが叡山におるのは悪僧ばかりではなく、弱き民も多くおる。その者らも根切りにせよと申すか」

「お戯れを。民が弱いなどと、本気で思われますか？」

ひとたび戦があれば落ち武者狩りで略奪に励み、税を厳しく取り立てれば逃散し、時には一揆を起こす。本願寺が檄を飛ばせば数万の軍勢となって織田兵を殺戮する。真に恐ろしいのは、武士ではなく民だ。

「確かにな」

信長がにやりと笑う。

それから間もなく、延暦寺焼き討ちが号令される。光秀は先頭に立って堂舎を焼き、僧兵、学僧、民の別なく斬り捨てた。

反織田に転じた武田信玄が上洛戦の途上で没すると、包囲網は瞬く間に瓦解した。信長は浅井・朝倉を滅ぼし、義昭を京から追放し、伊勢長島の一向衆を焼き尽くす。気づけば光秀は、織田家中随一の重臣になっていた。

叡山にはじまり、義昭に与した上京、一乗谷、伊勢長島と、信長は数多くの町や寺社を焼いてきた。だがそれだけの暴虐を為しながら、織田領の支配は盤石で、まったく乱れがない。この乱世に、ようやく秩序が生まれつつあるのだと、光秀は思った。

「ずいぶんと、遠いところまで来たものです」

近江坂本城の天守で眺望に目を細めながら、弥平次が言った。今は光秀が与えた明智の名字を名乗り、明智弥平次秀満を称している。

「明智城をはるかに凌ぐこの坂本城は元より、眼下に広がる町も、その周囲の田畑もすべて、明智の領地にござる。殿は見事、明智家の再興を果たされました」

比叡山焼き討ちの後、光秀は近江滋賀郡を与えられ、この坂本城を築いた。比叡山に近く、京の喉首に当たる、軍略・政略上の要衝である。この地を与えられた光秀が、信長に次ぐ家中第二の地位にあることは、衆目の一致するところだった。

「焼け落ちる明智城を遠望して、早二十年。長うござった」

日の光を照り返す琵琶湖の水面を見つめながら、光秀は頷く。

「だが、天下布武の道のりはまだ半ばだ。義昭公を追放した今、上様は事実上の天下人。いまだ諸国に蟠踞する武田や上杉、毛利を討って天下を平定する責務がある。感慨に耽るのは早いぞ」

「承知いたしております。上様も、殿を頼みに思うておられましょう」

信長という主君に、不満はなかった。軍略・政略は言うに及ばず、統率力や先を見通す目も持ち合わせ、時には家臣を見殺しにする冷酷さも備えている。

そして何より、強い運を持っていた。信玄が病没しなければ、今頃信長の首は胴から離れ、この坂本は炎に包まれていたかもしれない。信長こそが乱世を終息に導く人物なのだと、光秀は確信している。

だが、織田家をここまで押し上げたのは自分だという自負も、光秀は抱いている。信長の才覚と強運をもってしても、光秀がいなければ、ここまで大きくはなれなかったはずだ。

織田家に仕えてからの数年は、無我夢中で駆けてきた。幾度となく他人を謀にかけ、数えきれない人間を死に追いやってもきた。だが、それを悔やんだことは一度もない。天下を平定し、乱世に秩序をもたらす。それこそが、自分がこの世に生まれ落ちた意味なのだ。

人間五十年。四十八になった光秀に、残された時は少ない。それまでに何としても、統一成った日ノ本を目にしたかった。

五月雨（さみだれ）の中、水色桔梗の旗が翻っていた。

天正三年五月、徳川領長篠に攻め寄せた武田勝頼（かつより）の軍を迎え撃つべく、織田・徳川連合軍は三河設楽原（したらがはら）に布陣していた。武田勢の総兵力は、およそ一万五千。対する織田・徳川勢は三万を優に超えている。

だが、敵は精強で知られる武田勢だった。しかも武田勝頼は、父・信玄でさえ落とせなかった遠江（とおとうみ）高天神城を攻略し、その将器を近隣に知らしめている。倍以上の兵力をもってしても、油断のできない相手だった。

必勝を期す信長は、三千挺もの鉄砲を用意させ、設楽原を横切るように土塁と馬防柵を築いている。さらには、柵を突破された場合に備え、入り組んだ地形を利用して、光秀と羽柴筑前守秀吉を伏兵として配していた。

「いやはや、目の前に武田勢が迫っとるというのに急な呼び出しとは、いかなる御用やら」

信長本陣への道すがら、秀吉が言った。

この草履取りから成り上がった猿顔の小男も、今や織田家屈指の重臣である。だが、その言動や所作から、育ちの悪さや教養の無さは隠しきれない。

「恐らくは、陣立てについてのお下知でしょうな」

「まあ、上様の仰せの通りにしておれば敗けるはずがにゃあで、我らが気を揉むこともあれせんですなも」

秀吉は、信長を神の如く崇めている。単身で武田勢に突撃しろと言われれば、躊躇うことなく飛び出していくだろう。

「旗を焼け」

信長の前に参じると、思いがけない下知が出された。

「勝頼は、お主らがこの地にいるとは思うておらぬ。武田の斥候や忍びにおぬしらの手勢が見つかれば、勝頼は警戒し、伏兵の策は破綻する」

馬鹿な、と光秀は思った。

寺社に火を放て。民を撫で斬りにしろ。そう言われれば、いくらでもやってみせよう。だが、己の家の旗を焼けなどと命じられて、従う武士などいない。ましてや、光秀はこの旗を掲げるために十数年に及ぶ苦難の道のりを歩んできた。数多の町と寺社を焼き、夥(おびただ)しい量の血を流してきた。数代にわたる父祖と、名も知らない敵味方の血が、この桔梗の旗には染み込んでいるのだ。

だが秀吉は、「さすがは上様」と、嬉々とした表情で引き連れた護衛の兵に命じ、早速旗を焼かせている。一カ所に集められた羽柴の旗が炎を上げ、熱風が光秀の頬を炙(あぶ)った。

気づくと、光秀は地面に平伏していた。雨でぬかるむ泥に手をつき、額を擦りつける。周囲の将兵が、息を潜めて光秀と信長を見守る中、恥辱に震えながら許しを請う。

だが、信長を翻意させることはできなかった。従えぬとあらば、伏兵の将を別の者に代えるまでだと、信長は冷たく言い放つ。見下ろすその目は、虫けらでも見るかのようだった。

光秀はゆっくりと立ち上がり、弥平次に歩み寄った。

抗う気配を見せた弥平次に首を振り、外された旗指物の一本を受け取る。

炎の中へ、旗を投げ込んだ。家臣たちもそれに倣い、次々と旗を火中へ投じていく。

我が身を焼かれるような思いで、光秀は炎を見つめた。

ただの旗ではないか。己にそう言い聞かせても、体の震えは止まらない。

四

「馬鹿な。上様御自ら、敵中へ斬り込んだだと？」

天正四年五月五日、光秀は覚えず伝令役の武者に声を荒らげた。

大坂本願寺包囲のために築かれた、天王寺砦である。二日前、原田直政（はらだなおまさ）を大将とする織田勢は、大坂の西にある木津砦を攻めるべく出陣した。だが、功を焦った直政は突出した末に敵中で孤立し、討死にを遂げる。勢いに乗った本願寺勢は、光秀が守る大坂南方の天王寺砦へ攻め寄せてきた。

砦の守兵は三千足らず。光秀は、京に滞在していた信長に援軍を要請する一方、門を固く閉ざし、辛うじて敵の攻撃を食い止めていた。そして今朝、待ちに待った信長率いる援軍が到着したのだ。

だが、急な出陣だったため兵が揃わなかったのか、援軍はわずか三千。それでも信長は、天王寺を囲む一万五千の大軍へ突撃を敢行したという。

「我らも門を開いて打って出る。急げ！」

すでに、凄まじい数の銃声と喊声が聞こえていた。光秀は馬に跨り、槍を摑(つか)んで馬腹を蹴る。

砦の外は、敵兵で埋め尽くされていた。だが、背後から現れた援軍に気を取られ、こちらへの注意は疎かになっている。

鉄砲の斉射を浴びせると、敵の前衛が崩れ立った。光秀は雄叫(おたけ)びを上げ、敵中へ突っ込む。

「押せ。上様を討たせるな！」

自ら槍を振り、敵兵を突き伏せていく。鉄砲玉が間近を掠(かす)め、兜(かぶと)の前立が折れた。

あと二寸もずれていれば、眉間に穴が開いていただろう。天運はまだ、自分に味方している。

「殿、味方が次々と討たれております。一旦、砦へ……！」

馬を寄せてきた弥平次の言葉を、光秀は遮った。

「我らが生き延びたとて、上様の身にもしものことがあれば意味はない。何としても、門徒どもを討ち払え！」

不意に、正面の敵が割れた。その向こうに、織田の旗を掲げる軍勢が現れた。援軍の先鋒、佐久間(さくま)信盛(のぶもり)の隊だ。

「佐久間殿、上様はご無事か！」

「足に鉄砲傷を受けられた。深手じゃ！」

一瞬、視界が色を失った。

「まずは砦へ。殿軍(でんぐん)は、それがしが引き受ける」

信盛に頷きを返し、光秀は信長のもとへ駆けた。

「光秀か……。よう、天王寺を守り抜いた」

馬上にはあるが、右の腿から下が、流れ出た血で赤黒く染まっている。

幸い、敵も退きはじめている。佐久間隊を楯にしつつ、光秀は信長を護衛しながら砦へ戻った。人払いをし、薬師を呼ぶ。

「たわけが。何故、砦へ入った。門徒どもはまだ、引き上げてはおらんぞ」

具足を外され、床に横たえられた信長がうわ言のように言った。かなりの血を失ったせいか、元々色の白い相貌が蒼白になっている。熱も出ているのか、額には玉の汗が浮かんでいた。

「何故、このような無謀な戦を」

訊ねた光秀に、信長はかすかな笑みを湛えて答える。

「まだ、そなたを失うわけにはゆかぬ」

思いがけない答えに、光秀は戸惑った。困惑を悟られないよう視線を逸らし、頭を下げる。

「ありがたきお言葉。されど、後のことは我らにお任せを。上様のなされるべきは、傷の養生に努めることに候」

「光秀」

「はっ」

「余は、弱くなったか？」

そう問う信長の目が、何かに縋ろうとしているように光秀には見えた。胸の奥底に芽生えた動揺を、息を吸って押し殺す。

「上様が常人であれば、今頃は門徒どもに御首級を挙げられておりましょう。されど、これだけの傷を受けてもなお、生きておられる。それは、上様が強き者であられる証左に他なりませぬ」

「であるか」

安堵したように目を閉じた信長に一礼し、部屋を出た。

本願寺勢は一旦退いたものの、陣を立て直しつつあるという。これを打ち破らないことには、窮地を脱したとは言えない。

「諸将を集めよ。軍議を開く」

兵力こそ少ないものの、参陣した将は錚々たる顔ぶれだった。佐久間信盛、羽柴秀吉、丹羽長秀、松永久秀ら、織田家を支える重臣が顔を揃えている。だが信長の負傷を受け、一同の表情は暗い。

「直ちに出陣いたす。急ぎ、仕度を整えられよ」

光秀が告げると、諸将がどよめいた。

「敵が間近にあるは、天の与えし好機。打ち破り、大坂まで攻め寄せるべし。これが、上様のご意向にござる」

「待たれよ。敵は一万五千。あまりに多勢に無勢ではあるまいか」

佐久間信盛が声を上げた。

「上様は、わずか三千の軍勢で天王寺を囲む敵に攻めかかった。今は我らと合流し、六千に増えておる。それでも佐久間殿は、兵力の多寡を問題になされるか」

「しかし、あの時は上様が……」

「門徒どもを打ち払え。それが、上様のお下知にござる。それに従えぬと？」

言い放つと、いくつかの敵意を含んだ視線が向けられた。信長の意思を代弁する光秀を、快く思わないのだろう。光秀が救援を要請しなければ、信長が負傷することはなかった。そう考えている者もいるかもしれない。

「さすがは上様じゃ」

張り詰めた気を破ったのは、羽柴秀吉の大声だった。

「これまで大坂に籠もりきりだった門徒どもが、すぐそこにおるのじゃ。これこそ、天の与えたもうた機会ではないか。方々、功名の立て時にござるぞ！」

「確かに、筑前の申すこともっともじゃ」

「ここで門徒どもに大打撃を与えれば、大坂も持ちこたえられまい」

秀吉の言葉で、座の空気は一変した。

「明智殿、全軍の采配は貴殿にお任せいたす。この筑前は、先駆けを務めましょうぞ」

「では、お頼み申し上げる」

人たらしと呼ばれる秀吉のことだ、軍議の流れを変えることなどわけもないのだろう。借りが一つか。内心で舌打ちしながら、光秀は改めて出陣を号令した。

全軍を二段に分け、天王寺と大坂の中間に陣取る本願寺勢に向かって前進を開始した。

敵の主力は鉄砲の扱いに長けた雑賀衆だが、それ以外は精鋭とは呼べない、諸国から掻き集めた門徒たちだ。先鋒の羽柴隊は鉄砲除けの竹束を押し立て、ひたひたと進んでいく。

ほどなくして、戦端が開かれた。銃声が響き、地鳴りのような足音が、後方に控える光秀のもとにまで伝わってくる。

戦況を睨みながら、光秀は先刻の信長の顔を思い起こしていた。

信長と出会って、もう十年近くになる。だが、あれほど不安を露わにした主君の顔を見るのは、はじめてのことだ。

信長ももう、四十三歳になっている。歳のせいか、あるいは傷によるものか。そして、信長の不安を垣間見た自分が少なからず動揺していることも、光秀には意外だった。

光秀にとっての信長は主君というよりも、己の願望を遂げるための踏み台に近かった。明智家を再興し、歴史の表舞台に立つ。そのために、強い主君が必要だっただけだ。秀吉をはじめとする一部の家臣たちのように、信長を神仏の如く崇めてなどいない。

神仏か。念仏を唱えながら羽柴隊に攻めかかる門徒たちを見て、光秀は呟く。阿弥陀如来に縋る門徒たちは、恐れを知らない。そして死を顧みることなく、味方の矢玉の前に体を晒(さら)す。

「まさか」

不意に、光秀は思い至った。

信長は、恐怖というものを知らないのではないか。世の武人たちのように、恐怖と戦った末に打ち克ったのではない。最初から、恐怖を解さないのだ。だから、数万の今川勢を前に一騎駆けで飛び出すことも、寺社を焼き、数万の民を殺戮することもできるのだ。

「本願寺勢、総崩れ。大坂へ向かって敗走をはじめました！」

伝令の武者が叫び、周囲から歓声が上がる。

「さすがは羽柴様じゃ」

「このまま、一気呵成に大坂まで攻め入ろうぞ！」

家臣たちの声が、ひどく遠いものに聞こえる。

恐怖という、人として当たり前の感情さえも持たない人物が、天下を治めることなどできるのか。これまで信長を守ってきた天運が失われた時、織田家は、天下はどうなるのか。

茫然としたまま、光秀は味方が上げる勝ち鬨(どき)の声を聞いていた。

五

天王寺合戦の後も、織田家の版図は拡大を続けていた。最大の敵と目されていた越後の上杉謙信は病没し、二人の養子が家督を争っている。大坂本願寺は重囲に置かれ、ついに屈服した。関東の北条は織田家に恭順の意を示し、中国の毛利輝元は、羽柴秀吉が討伐に向かっている。信長は家督を嫡男の信忠に譲り、自身は新たに築いた近江安土城に移っていた。

光秀はその間、畿内の諸将を束ねる立場となり、各地を転戦していた。今や近江坂本に加え、自らの手で平定した丹波一国を領地とする大大名である。

だが光秀は、この数年の信長に、確かな衰えを見ていた。

織田家は拡大を続けながらも、内では謀叛が頻発している。同盟を結んでいた上杉謙信の離反を皮切りに、松永久秀、別所長治、荒木村重が次々と織田家から離れたのだ。それらはすべて鎮圧されたものの、いつまた、誰が叛旗を翻すかわからない。

信長は元々、配下や同盟相手に裏切られやすい傾向がある。実弟の信勝、義弟の浅井長政、武田信玄。宿老の柴田勝家でさえ、かつては信長に弓を引いている。案外、人を信じすぎる質なのか、あるいは信長の苛烈さが、他人に恐怖を与えるのか。一見、盤石な織田家中の水面下では、疑心暗鬼が渦巻いていた。

古くから織田家を支えてきた宿老の佐久間信盛・信栄父子、林秀貞が追放されたのは、本願寺の降伏から間もない天正八年八月のことだ。

信長は信盛らに折檻状を送り付け、その所領を没収した。佐久間父子は本願寺攻めでの怠慢、秀貞にいたっては、二十年以上も前の謀叛の前歴を責め立てられたという。さらには美濃三人衆の一人に数えられる安藤守就、尾張時代から織田家に仕えてきた丹羽氏勝も、「野心を抱いた」という根拠も曖昧な理由で、追放の憂き目に遭った。

無能な臣に広大な領地を与えるのは無駄。そう信長が考えるのは理解できる。だが、あまりに時期が悪い。粉骨砕身して働いても、いつ、些細な不手際で所領を没収されるかわからないとなれば、新たな謀叛を誘発しかねない。

「家臣の裏切りさえ、恐れてはいないというのか」

暗澹たる思いで、光秀は呟く。

強大な敵がいなくなったことで、信長は慢心しているのか。五十歳を間近に控え、焦りを覚えているのかもしれない。

「高転び、か」

毛利家の使僧・安国寺恵瓊は、「信長はいずれ、高転びする」と予言したという。最初に耳にした時には、己の願望を口にしたにすぎないと一笑に付した。だが今は、笑うことができない。

家臣をもそっと大切になされませ。そう諫言したところで、信長が耳を貸すとは思えない。それどころか、信長の機嫌を損ね、所領没収の憂き目に遭う恐れさえある。

そこまで考え、光秀は顔を顰めた。いつから己は、信長の機嫌を取ることに汲々とするようになったのか。明智家を再興し、己がまだ見ぬ高みへと登るため、信長を主君に選んだだけではないか。

信長が佐久間父子と秀貞を切り捨てたのは、彼らが無能のゆえだ。ならば、光秀が織田家に不可欠だと知らしめるような働きをすればいい。光秀なくして、織田家の治世は回らない。そう思わせればいい。

天正十年二月、信長はついに武田家征伐を号令した。

武田勝頼は、設楽原での大敗後、一気に傾くかと思われた武田家を立て直しつつあった。設楽原で多くの宿老が討死にしたことで、逆に家中の統制がしやすくなったという面もあるのだろう。勝頼は、長年の宿敵だった上杉家と同盟し、本拠地を先祖累代の甲府から新府へ移すという難事業も成し遂げていた。

武田征伐に動員される軍は、十万近くになる。今回の主力は信忠であり、光秀は信長とともに遅れて出陣した。よほどのことがなければ、光秀や信長が戦場に立つことはないだろう。

だが、侮ることはできない。先の戦では、半数以下の兵力の武田勢に際どいところまで攻め込まれたのだ。今回の戦が設楽原の、いや、桶狭間の再現にならないという保証はどこにもない。

願わくは、勝頼には最後の最後まで奮戦してほしかった。信長を苦しめ、窮地に追い込み、恐怖させてほしい。恐れの感情を知ることではじめて、信長は真の天下人になれるのだ。

しかし、光秀のひそかな望みは呆気なく破れた。

各国境を突破した織田・徳川・北条軍は順調に進撃を続け、要衝の高遠城も、一日で陥落した。信長が安土を出陣するよりも先に武田勢は各地で崩れ、勝頼は新府の城を焼いてわずかな供廻りを連れて逃亡する。

三月十四日、信濃に入った信長のもとに、勝頼の首が届けられた。落ち延びた先の天目山で滝川一益の手勢と戦い、首級を挙げられたのだという。

勝頼の首と対面した信長は、無言のまま立ち上がり、歩き出す。家臣たちの制止を無視し、勝頼の首級に手を合わせる。

光秀はその様子を、茫然としながら見ていた。信長が何かに手を合わせて祈るなど、これまでただの一度も見たことがない。居並ぶ諸将も同じだろう。誰もが咳一つ発さず、信長と勝頼の首を見守る。

「勝頼、そなたは強かった。信玄よりもずっとだ」

静まり返った本陣に、信長の声が響く。その奥底には落胆と、かすかな畏怖が滲んでいた。

「そなたこそは、日ノ本に隠れなき、まことの弓取りだ」

ああ、そうだったのか。光秀は悟った。

信長はすでにどこかで、恐怖というものを知ったのだ。

そしてその上で、信長は強い敵を求めている。己を恐怖させることのできる相手と出会い、それを倒すことで、さらなる高みに登ろうとしている。

だが勝頼は、信長が認めるほどの強さを持ちながら、実際に信長を苦しめ、追い詰めるにはいたらなかった。信長の声音には、その口惜しさが籠められているのだろう。

光秀は、腹の底に小さな火が点ったような熱を感じた。

勝頼は、確かに優れた武人だ。見方によっては信玄をも上回るかもしれない。上杉謙信亡き今、信長を恐怖せしめるに足る将はどこにもいない。

だがそれは、織田家の〝外〟に限った話だ。

信長はなぜ、自分を恐れないのだ。ただの使い勝手のいい、手駒にすぎないと思っているのか。羽柴秀吉、柴田勝家、滝川一益、そして盟友の徳川家康。織田家の内には数多くの有能な将がいるが、自分の力量は、その誰にも劣っていないはずだ。

己の胸中に芽生えた、見知らぬ感情。愚にもつかない嫉妬の念とわかっていても、それをどう扱えばいいのかわからず、光秀はただ唇を噛んで俯(うつむ)いた。

信長の目指す先には、いったい何があるのか。

安土城の一角に建立された摠見寺(そうけんじ)の本堂を詣でるたび、光秀の脳裏にはそんな疑問が浮かんだ。

堂内に、仏像の類は一体も置かれていない。堂の奥に鎮座するのは〝盆山〟と呼ばれる拳ほどの石だ。大坂本願寺の焼け跡で拾ったという噂も囁(ささや)かれているが、その真偽などどうでもいい。問題は、信長がこの何ということもない石くれを、己の分身と思い、神として崇めよと命じたことだ。すなわち信長は天下に向けて、自身は神であると宣言したに等しい。仏教神道を足蹴にして、織田家にどんな益があるのか。光秀は今も、理解に苦しんでいる。

思えば、信長と直接言葉を交わす機会はずいぶんと減っていた。特にこの数年は、森乱丸(もりらんまる)という小姓が常に側に侍(はべ)っているため、信長と膝を交えて語ることはなくなっている。いや、かつては語り合う必要さえなかった。離れていても、信長の考えていることは手に取るようにわかった。だが、今は違う。

盆山に形ばかり手を合わせると、光秀は摠見寺を出た。視線を上げ、山の頂にそびえる安土城天主を仰ぎ見る。

通常は天守と書くべきところを、信長は〝天主〟と称していた。金銀をふんだんに用い、南蛮の建築様式まで採り入れて築かれた五層七階建ての天主は周囲を圧するだけでなく、天に挑みかかっているかのように、光秀の目には映った。

「お待たせいたしました。明智殿、こちらへ」

控えの間でしばし待つと、森乱丸に招かれた。尾張時代から信長を支えた重臣・森可成(よしなり)の子で、まだ二十歳にもならないはずだが、その整った顔立ちには妖艶ささえ漂っている。嫉妬混じりの陰口を幾度か耳にしたことがあるが、有能であることは間違いない。

乱丸の後について天主の階段を上り、広間へ入る。

ややあって、いつもの荒々しい足音とともに信長が現れた。平伏するより先に、鋭い声が降ってくる。

「徳川殿の饗応役を解く。坂本へ帰れ」

突然の言葉に、思わず絶句する。光秀は、数日前に安土へ参じた徳川家康一行の饗応に当たっていた。先の武田攻めの働きを労うためのもので、信長から直々に命じられていた役目だ。

「それがしに何ぞ、不手際がございましたでしょうか」

「猿めが泣きついてきおった。毛利の大軍が、高松城の後詰に現れたらしい」

羽柴秀吉は今、毛利方の備中高松城を囲んでいる。その秀吉が、後詰を要請してきたということだ。

「毛利の主力が出張ってきたは好機ぞ。これを完膚なきまでに叩き伏せ、その勢いのまま毛利を潰す。余も追って出陣いたすゆえ、先発いたせ」

「承知いたしました」

不手際による解任ではない。そのことに安堵しつつ、光秀は頭を下げた。

「毛利が滅びれば九州の大友、龍造寺、島津も膝を屈しよう。来月には四国征伐の軍を出す。長宗我部は、三月ともつまい」

「御意。上様の天下布武が、とうとう果たされまする」

四国攻めに関しては、光秀は複雑な心情を抱えている。

元々、土佐の長宗我部家と信長の外交を取り次ぐ役目は光秀が務めていた。当初、長宗我部元親（もとちか）は織田家に誼（よしみ）を通じ、信長も、四国は元親に任せるという言質を与えていたのだ。だが、信長は急に方針を転換し、元親が切り取った阿波、讃岐を織田家に献じよと命じる。元親は当然反発し、光秀の面目は丸潰れとなっていた。

だがそれも、大局から見れば些事にすぎない。今は、天下統一を成し遂げることの方がはるかに重要だ。

「天下布武が成った後、日ノ本は信忠に任せる」

一瞬、信長が何を言ったのか、理解することができなかった。

信忠に日ノ本を任せる。ならば、信長はどうするのか。どこへ向かうというのか。

漠然とした予感に戦（おのの）きながら、光秀は疑問を口にした。

「上様。それがしには、お言葉の意味がわかりかねまする。信忠様に日ノ本を託した後、上様は……」

言い終わる前に、信長は立ち上がる。手に取ったのは、宣教師から献上された地球儀だ。この球には、日ノ本から明国（みん）、天竺（てんじく）、南蛮にいたるまで、この世にあるすべての土地が描かれているという。

「海を渡る。朝鮮、明、天竺に南蛮の国々。それらすべてを攻め滅ぼし、この世のすべてを塗りかえ、創りかえる」

そう口にした信長の口元には、うっすらと笑みが浮かんでいる。まるで、剣の道に生きる武人が強い相手と出会った時のような、畏怖と歓喜が入り混じった複雑な笑み。

光秀の背筋を汗が伝う。頂点が近づいたことで、己が万能の力を持つと錯覚したのか。あるいは、誰かが信長の耳に吹き込んだのかもしれない。まさか、あの者が。光秀は視線を向けたが、隅に控える乱丸の顔つきに変化はない。

いずれにしても、異国に兵を向けるなど、到底正気の沙汰とは思えなかった。諫めるべきか。思ったが、声が出ない。

「どうだ。恐いか、光秀」

己の玩具をひけらかす童のような口ぶりで、信長が問う。光秀は膝の震えを押さえ込み、声を絞り出した。

「恐ろしゅう、ございます」

「であろうな。余も恐ろしい。己を神と称し、仏教神道を敵に回した。さらには海の外に兵を出し、切支丹（キリシタン）や回教の神々にも挑む。さすれば天は、必ずや余に罰を与えるであろう。もっとも、神や仏なる者どもが、本当におるとすればの話だが」

「天罰を受けることをお望みであるかのように、それがしには聞こえまする」

「望んでおる」

「なんと……」

「天が我に下すであろう鉄槌（てっつい）。これほど恐ろしいものが、この世のどこにある。そして余は、天の怒りを正面から受け止め、凌駕してみせる。己が強さの証として、それ以上のものはあるまい」

　再び、光秀は声を失う。

　信長が神を称し、異国へ兵を出す。それらはすべて、信長が己の強さを証し立てるためだった。ならば、この五十余年に及ぶ光秀の生とは、いったい何だったのか。自分は何のために、叡山を焼き、何千何万の民を根切りにしてきたのだ。

　だがなぜか、怒りの感情は湧いてこない。そして、怒りの代わりに湧き起こったのは、激しい羨望だった。

この世のすべてを、神仏さえも敵に回し、信長は己の強さを知ろうとしている。その姿は、叔父や家臣たちを見殺しにしてでも、乱世で己の力量を試そうとした、かつての自分と重なって見えた。

天下布武を果たして乱世を終わらせ、泰平の世を築く。自分は果たして、それを本当に望んでいたのだろうか。光秀は俯き、己の裡（うち）なる声に耳を傾ける。

――否、だ。

自分が求めていたのは、賢（さか）しらな大義名分などではない。用兵の手腕と権謀術数の限りを尽くし、戦場で矢玉に身を晒しながら強大な敵に打ち克つ。己の運と力量を確かめ、歴史を動かし、この世に生きた証を残す。それこそが、本当の望みだ。

「上様」

熱にうかされたように、光秀は口を開いた。

「渡海の儀、しかと承（うけたまわ）りました。この光秀、天と上様の戦にて、家中の誰にも劣らぬ働きをしてみせましょうぞ」

言い終わった刹那、自身を取り巻くすべてから解き放たれたような心地がした。

今この瞬間、己は何物にも縛られていない。地位も立場も、人の道さえも、ひどく卑小なものに思える。

この日ノ本を飛び出し、果てることのない大地で力尽きるまで戦い抜く。これこそ、武人の本懐というものではないか。久方ぶりに全身の血が滾（たぎ）るのを、光秀は感じた。

地球儀に向けられていた信長の視線が、こちらへ向けられた。その口元から、笑みが消えている。

「そなたは連れてはゆかぬ。日ノ本に残れ」

覚えず、光秀は身を乗り出した。

「信忠の与力として、日ノ本の治世を託す。余人には任せることのできぬ役目ぞ」

「それがしは、上様と共に……」

「光秀」

遮った信長の声音は、いつになく穏やかなものだった。

「渡海した先に待つは、修羅の道ぞ。異国の地で戦うには、そなたは老いた。戦の場から離れ、日ノ本で信忠を後見しながら、ゆるりと余生を送るがよい」

老いた。その言葉が、思いがけないほど深く胸に突き刺さる。唇を噛み、再度訊ねた。

「では、渡海には誰を？」

「猿を連れていく。あれは、余をまことの神の如く崇めておる。異国の敵が相手でも、臆することなく働くであろう」

「羽柴殿は確かに、家中でも指折りの将。上様への忠義も篤く、異国でも大きな働きをなされましょう。されど、それがしとて……」

「くどい」

立ち上がり、信長は背を向けた。光秀は、その袴の裾を摑む。

「上様、何卒……何卒、ご再考を！」

「たわけが！」

目の前で火薬が弾けたように、光秀は仰け反った。頰が痛む。信長の手には、扇が握られていた。

「日ノ本の安泰なくして、渡海など能わぬ。そなたは日ノ本にとどまり、我が戦の帰趨を見届けよ」

足音だけを残し、信長が去っていく。乱丸は一礼し、その後を追っていった。

残された光秀は、独り俯く。

磨き抜かれた床に、何かがぽとりと落ちる。噛みしめた唇から流れ出た、自らの血だった。

六

床に広げた絵図を、灯明が照らしている。この夏は暑さが殊の外厳しく、深更近くになっても小袖の下は汗ばんでいる。

どれほどの間、居室に籠もっているだろう。

天正十年五月二十六日、光秀は近江坂本城からこの丹波亀山城に移った。二十八日には、連歌師の里村紹巴らを招き、愛宕山で戦勝祈願の連歌の会を催すことになっている。光秀は会の準備も出陣の手配も家臣たちに任せ、夕餉もとらず、この絵図を見つめていた。

いや、見つめているのは絵図ではない。己の裡にある恐怖だ。向き合うたびに形を変え、心に絡みつき、体を縛りつける恐怖。正面から受け止め、打ち克つことでしか、この先の道は開けない。

何なのだ、これは。光秀は、畿内から中国、四国、東国までを描いた絵図に視線を落とし、呻(うめ)いた。そこに置かれた碁石は、主な部将の配置と兵力を表している。

京には、二つの黒い碁石が置かれていた。信長と信忠。そのすぐ近くに置かれた白石は、亀山城の光秀とその麾下(きか)の軍勢、一万三千である。

京は、あまりにも無防備だった。柴田勝家は北国、滝川一益は東国、羽柴秀吉は中国、織田信孝(のぶたか)と丹羽長秀は来(きた)る四国攻めのため、堺に在陣している。京の近くですぐに動ける軍勢を擁しているのは、亀山城の光秀だけだった。

信忠は五月二十一日、わずかな手勢と共に京・妙覚寺に入っていた。信長は二十九日に上洛し、本能寺へ入るという。六月一日に本能寺で大掛かりな茶会を開き、それを終えた後に中国へ向けて出陣する意向だった。

信長が上洛すると知った時、光秀の心の臓は大きく脈打った。己の脳裏によぎった考えに戦慄し、四肢は瘧(おこり)のように震える。目が覚めた時、目の前に自分が上がる舞台が整えられていた。そんな心境だった。

家康の饗応役を解かれ、安土を去って十余日。光秀は苦悩の淵に立っていた。

自分が中国へ出陣すれば、間違いなく天下布武は完成する。たとえ北条が背こうと、九州の諸大名が連合して立ち向かってこようと、今の織田家の敵ではない。

だが、その先に何があるのか。

信長は秀吉を連れ、海の外へ乗り出していく。残された光秀は、戦の絶えたこの国で、煩雑な政に追われながら老いさらばえていくのだろう。

町や寺社を焼くことも、敵の矢玉が体を貫く恐れもない。海の向こうから聞こえる信長の活躍を羨み、一喜一憂し、やがては息子に家督を譲って隠居する。そして穏やかな暮らしの中で、戦場を駆けた日々を懐かしみながら、大樹が朽ちるように静かな死を迎えるのだ。

自らの最期に思いを馳せた時、込み上げてきたのは、あまりにも深い絶望だった。

「まさに、生き地獄だな」

呟き、自嘲の笑みを漏らす。五十五年の苦難の道のりの先に待っていたのは、生きながらの死か。

これこそ、数多の命を奪い、神社仏閣を焼き払った自分に、天が与えた鉄槌なのだろう。そして、神ならぬこの身には、それを甘んじて受けることしかできない。

「ときは今、あめが下なる五月かな」

ほとんど眠らないまま迎えた連歌の会で、光秀は用意していた発句を詠んだ。五月雨の下、出陣の時を迎えた。そんな何気ない句だが、列席した里村紹巴はそこから別の意味を受け取ったらしい。

「花落つる、流れの末を、せき止めて」

紹巴の句の意味するところに思い至り、光秀は息を呑んだ。紹巴は光秀が詠んだ〝とき〟を土岐氏に重ね、土岐源氏の末裔である光秀が〝あめが下〟、すなわち天下を望んでいると取ったのだろう。そしてその上で、紹巴はそのような真似をすれば天下布武の流れをせき止め、桔梗の花が落ちることになると詠んだのだ。

他の列席者が次々と句を連ね、会は順調に進んでいく。しかし光秀の心中は大きく乱れていた。

思えば、源氏である足利尊氏（たかうじ）が鎌倉幕府に叛旗を翻したのは、この丹波だった。尊氏が京を攻め落としたのも、同じ五月である。時は今。土岐は今。心の底で、光秀は幾度となく繰り返した。

信長を討つ。その考えに、光秀は戦慄した。信長を倒して己が天下人となる。今にして思えば、その野心はいつからか、心の奥深くに巣くっていたような気さえする。だが、光秀は目を閉じ、耳を塞ぎ、己の本心と向き合うことを避けてきた。

確かに、舞台は整いすぎるほど整っている。天が自分を導いているとさえ思える。こんな機会は、もう二度と訪れはしないだろう。

今ならば十中八九、信長を討てる。それどころか、同時に信忠さえも葬ることができるだろう。信長父子を失えば、織田家は必ず瓦解する。

速やかに事を成せば、与力の細川藤孝、筒井順慶、高山右近、中川清秀らは味方に取り込めるはずだ。堺の四国征討軍には、娘婿の津田信澄もいる。これらを合わせれば、三万から四万にはなる。

各地で織田軍に押し込まれている毛利や長宗我部、上杉らも反撃に転じ、羽柴や柴田といった有力な将はしばらく動けないだろう。そして徳川家康は、わずかな人数で堺に滞在している。

だが、大義名分が無い。毛利家に身を寄せている足利義昭を推戴するか。いや、事前に報せては露見する恐れが生じる。義昭を担ぎ出すにしても、事が成ってからだ。

いや、待て。この状況そのものが罠ということはないのか。いざ攻め入ってみると京はもぬけの殻で、四方から大軍が襲いかかってくるということが、無いと言い切れるのか。

「明智様、いかがなされました？」

列席者の声に、光秀は我に返った。戦向きのこととなると、ついつい没頭してしまう。武人の性というものだろう。

「お顔の色が優れぬようですが……」

「いや、何ということもござらぬ。続けましょう」

取り繕った微笑で答え、光秀は再び沈思した。

このまま中国に出陣し、残りの生を死んだように送るか。それとも、すべてを天に預け、己の思う様に振る舞うか。

信長はあの日、己に降りかかる天の怒りさえ凌駕してみせると嘯いた。信長にできることが、どうして自分にできないのか。いや、自分の存在こそが、天が信長に与える鉄槌なのかもしれない。

「……よかろう」

誰にも届かない声で呟き、光秀は次の句を詠んだ。

「旅なるを、今日は明日はの神も知れ」

戦という名の旅では、今日も明日も、神のみが知る。

我ながらよい出来だ。光秀は小さく笑った。

松明(たいまつ)の灯りが、水色桔梗の旗を照らしている。

六月二日、子の刻（午前零時）過ぎ。亀山城を出陣した明智勢一万三千は、老ノ山の峠を越え、桂川に差しかかっていた。ここを越えれば、京はすぐそこだ。

いったん京へ向かうのは、信長が明智勢を検分するためだと伝えてある。光秀の決意を知るのは弥平次ら、ほんの数人の宿老衆だけだ。

馬を進める光秀の脳裏に、様々な光景が去来する。

美濃の山中から見上げた、明智城から上がる黒煙。延暦寺の伽藍堂舎を包む炎。設楽原で焼かれる水色桔梗の旗。そして、愛憎半ばする主君の顔。

桂川の手前で、光秀は全軍を止めて命じた。

「馬の沓を外し、徒立ちの者は足半に履き替えよ。火縄は一尺五寸（約四十五センチメートル）に切って五本携え、すべてに火を点じておくように」

まるで、すぐそこに敵がいるかのような下知だった。兵たちは訝しげな顔つきで、馬上の光秀を見上げる。

「皆の者、聞け」

次の言葉を発すれば、もう後戻りはできない。

この行いに、大義などありはしない。天下のためでも、家臣領民のためでもない。だが、もはや迷いは捨てた。人の世など、所詮は夢幻ではないか。

己は何者なのか。何を為すために、この世に生を享けたのか。この川を越えれば、おのずと答えはわかる。

「今宵、我は上様に成り代わり、天下人となる。これは謀叛にあらず。天道の命ずるところと心得よ」

信長の跡を継いで天下布武を成し遂げ、神となってこの世のすべてを塗りかえる。

想像すると、全身が震えた。

光秀の言葉を理解した兵たちは、いくらか戸惑ったものの、次第に覇気を漲らせている。強く吹きはじめた風を受け、水色桔梗の旗が誇らしげに翻っていた。

大きく息を吸い、命じる。

「敵は、本能寺にあり」

解説

細谷正充

読者諸氏は、〝信長プロジェクト〟をご存じだろうか。幻冬舎が行った、戦国小説の企画のことである。プロジェクトに抜擢された作家は、天野純希と木下昌輝。桶狭間の戦いから本能寺の変に至る織田信長の軌跡を、それぞれの視点で捉えた物語を、文芸誌「小説幻冬」で二〇一六年から一九年にかけて掲載した。まず天野が一章を書き、その後の号に木下が一章を書くというスタイルが採られている。そして二〇一九年十一月、天野作品が『信長、天が誅する』、木下作品が『信長、天を堕とす』のタイトルで、同時刊行されたのである。本書は、その天野作品を文庫化したものだ。

『信長、天が誅する』は、信長とかかわった人々を取り上げた連作である。これに対して『信長、天を堕とす』は信長が主人公になっている。木下作品については後で触れるとして、まず天野作品を注視しよう。物語は全五章で構成されている。第一章「野望の狭間」は、長く今川家に敵対していたが、祖父の代に服従した井伊谷の小領主・井伊直盛が主人公だ。二〇一七年のNHK大河ドラマ『おんな城主 直虎』のヒロイン・井伊直虎の父親である。

今川家に便利に使われているが、逆らう気もおきない直盛。今回も出兵を余儀なくされるが、敵である織田家の家臣の接触により、心が揺れる。それでも今川家に従い、桶狭間に赴いた直盛は、戦いの中で信長と遭遇し、摩耗していた己の野望を燃え上がらせるのだった。

史実なので書いてしまうが、直盛は桶狭間の戦いで討ち死にした。作者はこの事実に、フィクションの光彩を与える。信長との遭遇から、急転直下のラストに至る展開に、野望というテーマが凝縮されているのだ。桶狭間の戦いを描くのに、井伊直盛を持ってきたことには意表を突かれたが、効果は抜群。トップを飾るに相応(ふさわ)しい秀作だ。

さらに直盛の娘のお寅（後の直虎）が、父親と一緒に桶狭間の戦いに参加。敵と斬り合う。作者は『風吹く谷の守人』『雑賀のいくさ姫』『紅蓮浄土 石山合戦記』と、戦う少女を主人公にした戦国小説を幾つか執筆している。そんな天野流バトルガールの系譜に、本作のお寅も加わっているのだ。

第二章「鬼の血統」は、信長の妹で、浅井長政の妻になった市が主人公。兄と同じ修羅の血を持ち、その覇業を支えるつもりで、長政に嫁いだ市。ブラコンの彼女にとって、それは当然の選択だった。しかし、度量は大きいが野心を持たない夫に愛され、子供が生まれると、彼女の心は変わっていく。己の血を鎮め、幸せな日々を過ごす市。だが信長によって浅井家を滅ぼされると、修羅の血の刃を、ひそかに兄に向けるのだった。

本作の市も、姉川の戦いを自ら見に行くなど行動的である。悲運の佳人というイメージとは違う戦国女性の姿が、魅力的に描かれているのだ。しかも愛する夫を奪った兄に対する復讐の方法が、きわめて女性的である。さらに、市から三人の娘へと受け継がれる願いは、有名な戦国武将の父親を主人公にした戦国短篇集『燕雀の夢』の、親から子へと受け継がれる志というテーマと通じ合う。「野望の狭間」の、直盛からお寅へと受け継がれる願いも同様だ。作者のファンならば、このような他作品との共通点を発見するのも一興であろう。

第三章「弥陀と魔王」は、本願寺の僧で、長島一向一揆の指導者の下間頼旦が主人公。かつて極楽で弥陀の声を聞いたと信じ、法悦を抱いて信長と戦う頼旦。しかし彼は、一向一揆衆を見下していた。長引く戦いの中で、しだいに飢餓状態に陥る一向一揆衆。そして頼旦は最期のときに、信長と相まみえる。

作者は長島の戦いの経緯をコンパクトにまとめながら、頼旦の心に深く踏み入っていく。弥陀を信じ切っている頼旦が活写されているからこそ、自分だけしか信じない信長の肖像が際立っているのである。

なお、天野作品の飢餓シーンといえば、二〇二一年に刊行された『もろびとの空三木城合戦記』の、壮絶な籠城戦が想起される。本作と併せてお薦めしておきたい。

第四章「天の道、人の道」は、武田勝頼が主人公。巨大な存在であった父・信玄が死に、武田家のトップとなった勝頼だが、家臣との関係は上手くいかない。さらに三河設楽原の決戦で手痛い敗北を喫する。その後、斜陽の武田家をなんとかしようとする勝頼だが、ついに信長によって滅ぼされるのだった。

本作では、信長と勝頼の違いが、ふたつ描かれている。ひとつは三河設楽原の決戦。全知全能を傾け戦に挑んだ信長に対して、勝頼にはそこまでの覚悟がなかった。ふたりの戦いへの取り組み方を見れば、武田家の敗北は当然のことといえよう。そしてもうひとつが、最期を迎えようとしたときの勝頼の感慨だ。信長が天そのものになろうとしていることを悟った彼は、自分は人の道を歩みたいと思うのである。この、ふたつの差異があるから、勝頼を描くことで信長の姿が浮かび上がってくるのだ。

ラストの「天道の旗」は、いよいよ明智光秀が主役として登場する。優秀ゆえに冷酷で、他人を見下している光秀。信長のことは認めながら、織田家を押し上げたのは自分だという自負もある。そんな彼が、なぜ主君に叛逆したのか？　光秀が本能寺の変を引き起こした理由は、今でも百家争鳴である。作者はそこに、独創的な解釈を与えた。それまでの物語を土台としながら、斬新な信長の精神を屹立させる。そしてそれと呼応する形で、本能寺の変に至る光秀の精神の変化を描き切ったのだ。解説を先に読む人のために、詳しく書くわけにいかないが、なるほどと納得。本書の掉尾（ちょうび）に相応しい、凄い話である。

このように各章は単体作品として楽しめるが、全体を通じてのポイントも要チェックである。五人の主人公と対比することで、信長という人間が構築されるのだ。本書の一番の読みどころといえよう。

ついでにいえば、作者は二〇一七年に、信長に人生を狂わされた七人の男を主人公にした短篇集『信長嫌い』を上梓している。各話の主人公の物語を通じて、信長の肖像が浮かび上がるようになっているところに妙味があった。それと同じ手法が、本書でも使われているのだ。信長にかかわった、さまざまな人物の生き方。それが集積されることによって、信長の軌跡が見えてくるのである。

さて、そろそろ木下昌輝の『信長、天を堕とす』に目を向けよう。こちらは一貫して信長が主人公になっている。しかも各章で扱う史実は、『信長、天が誅する』と揃えられているのだ。とはいえ当然、読み味は違う。一例を挙げよう。第一章の直盛と信長が桶狭間の戦いで遭遇する場面。天野作品では直盛が、信長の言葉によって己なりの野望を覚醒させる。また信長に見逃され、器量の違いも知った。

だが木下作品での信長は、先の見えない戦いや、今川義元と自分の差に愕然として、心身共に疲弊していた。ふたつの作品から見える信長の姿は、隔絶している。

同じ場面を用意したからこそ、その差異が際立つのだ。他者の見る信長と、信長自身の見る信長を丹念に重ね合わせることで、読者の頭の中で、信長の肖像が膨らんでいくのである。

もちろん同じ場面を対応させるだけではなく、片方の作品で書かれたことが、もう片方の作品の後の場面と響き合うこともある。このように二冊の内容は、分かちがたく結びついているのだ。もっと突っ込んでいえば、相手の物語の内容を己の物語の血肉にしようという意欲さえ窺える。その様は、互いの尻尾を飲み込み、円形になった二匹の蛇――ウロボロスのようだ。両作とも独立した作品として、優れた戦国小説になっているが、二冊併せて、その真価を発揮しているのである。

そうなると、ふたつの作品をどの順番で読めばいいのか。どちらも信長が題材になっているので、信長メインの木下作品が表で、天野作品が裏だと思う人がいるかもしれない。だが、それは間違いだ。木下作品に出てくるイカサマ用の永楽通宝のように、両方の作品が〝表〟なのだ。たしかに信長の存在は巨大だが、彼と関係した人々だって、自分の人生を生きている。誰もが時代の主役なのである。だからふたつの作品は、同等の輝きを放っているのだ。

ならば好きな作家の本から手にすればいいのか。それもひとつの方法だが、個人的にお薦めしたい順番がある。「小説幻冬」での掲載順だ。つまり『信長、天が誅する』の第一章を読み、次に『信長、天を堕とす』の第一章といったように、交互に読んでみたらいかがだろうか。その方が、より深く、ふたつの物語を味わえるだろう。

ところで本書が刊行された二〇一九年は、他にも歴史時代小説の企画本が刊行されている。まず、中央公論新社の〝螺旋プロジェクト〟だ。これは、「海族」と「山族」の対立を背景に、原始時代から未来に至る物語を、八人の作家が書くという企画である。澤田瞳子の『月人壮士』(古代)、天野純希の『もののふの国』(中世・近世)、薬丸岳の『蒼色の大地』(明治)など、優れた歴史時代小説を堪能できた。

静岡新聞社からは、鈴木英治の『義元、遼たり』と、秋山香乃の『氏真、寂たり』が上梓されている。周知の事実だが、鈴木・秋山は夫婦である。そのふたりが、今川義元・氏真父子を振り分けて担当し、それぞれを主人公にした戦国小説を執筆したのである。これまた面白い企画本であった。

歴史時代小説の企画本が、二〇一九年に集中したのは、単なる偶然だろう。しかし、その背景に、いろいろと厳しい出版業界の状況の中で、ジャンルを活性化させようという狙いがあったことは間違いない。だから、各出版社と作家の意欲的な姿勢を応援したくなる。また、そういうことを抜きにしても、面白い作品が増えるのは嬉しいこと。〝信長プロジェクト〟のような企画本がこれからも出版されることを、大いに期待したいのである。

――書評家

この作品は二〇一九年十一月小社より刊行されたものです。

信長、天が誅する

天野純希

令和3年8月5日　初版発行

発行人――石原正康
編集人――高部真人
発行所――株式会社幻冬舎
〒151-0051東京都渋谷区千駄ヶ谷4-9-7
電話　03(5411)6222(営業)
　　　03(5411)6211(編集)
　振替00120-8-767643

印刷・製本―図書印刷株式会社

装丁者――高橋雅之

ISBN978-4-344-43122-5　C0193　　あ-65-3